Mädchen sind vom Saturn – Jungs vom Jupiter

Interplanetare Flirt-Tipps

Kathryn Lamb

Mädchen sind vom Saturn – Jungs vom Jupiter

Interplanetare Flirt-Tipps

Aus dem Englischen von Angelika Eisold-Viebig

aare by sauerländer

Für meine Kinder

Die Deutsche Bibliothek – CIP-Einheitsaufnahme

Lamb, Kathryn:
Mädchen sind vom Saturn – Jungs vom Jupiter, Interplanetare Flirt-Tipps /
Kathryn Lamb
Aus dem Englischen von Angelika Eisold-Viebig –
Düsseldorf: Patmos, 2002
ISBN 3-7941-7003-2

(Titel der englischen Originalausgabe: *Girls are from Saturn, Boys are from Jupiter*)
First published by Piccadilly Press Limited, London

Aus dem Englischen von Angelika Eisold-Viebig
Titelfoto: Image Source
Umschlaggestaltung: Anjuta Barkow und Tobias Hiep, wechselwirkung, Hamburg

Gesamtherstellung: Stückle, Ettenheim
ISBN 3-7941-7003-2
www.patmos.de

INHALT

Intergalaktisches Spezialwörterbuch der Astral-Abkürzungen und andere interplanetare Infos

Saturn Mädchen
Jupiter Junge
L.A. Lieblings-Alien (dieses tolle Wesen, bei dem einem das Wasser im Mund zusammenläuft; ist ansonsten auch noch bekannt als der Göttliche Körper vom Jupiter oder das super-sexy Mädchen vom Saturn)
F.M.P. Der Faktor Möglicher Peinlichkeiten (der ist dir besonders bewusst, wenn deine Eltern und dein L.A. zusammen in einem Raum sind)
A.P. Absolute Peinlichkeit (ein anderer Name für Eltern; wird auch benutzt für Dinge, die Eltern anscheinend gelegentlich sagen müssen, besonders wenn dein L.A. anwesend ist)
Saturnsprache Wie Mädchen reden.
Jupiterjargon Wie Jungs reden.
Klebestreifen-Syndrom Völlige Unfähigkeit, deinen L.A. allein zu lassen. Du klebst sozusagen unlösbar an ihm/ihr.
Plutonisches Strudelloch Gefährlich, wenn du reinfällst –, oder auch ein Problem.
Kosmische Menge Freunde
Interplanetare Magnetanziehung Passiert, wenn Jupiter und Saturn einander mögen.
Kosmische Katastrophe Passiert, wenn sie sich nicht mögen.
Göttliches Körperspray Erhältlich in allen guten interplanetaren Parfümerien.

WIE ALLES ANFING ...

Es war einmal ein wundervoller, von Ringen umgebener Planet, der nur von Mädchen bewohnt war. LANGWEILIG?!? Nein, das war es dort ganz und gar nicht. Die Mädchen auf Saturn hatten noch nie von Jungen gehört, also lebten sie in Frieden und Harmonie zusammen, weil sie nie wegen ihrer Freunde stritten oder um die Aufmerksamkeit des gleichen Jungen wetteiferten. Wenn sie Probleme hatten, lösten sie diese, indem sie darüber sprachen und einander zuhörten. Es gab gemeinsame Diskussionen und manchmal massierten sie sich gegenseitig die Schultern und gaben sich dabei nützliche Ratschläge. Gelegentlich spürten sie schon, dass irgendetwas fehlte, aber sie

DIE MÄDCHEN VOM SATURN

waren sich nicht ganz sicher, was es war. Allerdings sah es so aus, als ob ihnen bald die Themen ausgehen würden, zu denen sie einander Ratschläge geben konnten.

Dann kamen die JUNGS. Sie landeten auf dem Saturn in einem riesigen Raumschiff, das tiefschwarz glänzte und auf einer Seite mit einem weißen, blitzförmigen Leuchtstreifen verziert war (die Jungs verbrachten den größten Teil ihrer Freizeit damit, ihr geliebtes Raumschiff hingebungsvoll zu polieren, und zuweilen nahmen sie es auch auseinander und setzten es wieder zusammen, damit es schneller flog).
Als die Türen sich öffneten, blendete eine heller Lichtstrahl vorübergehend all die Mädchen. Sobald ihre Augen sich an das

DIE JUNGS VOM JUPITER

Licht gewöhnt hatten, waren sie vom Anblick der Jungen selbst genauso geblendet. Die Jungs wiederum standen mit offenem Mund da, gleichermaßen fasziniert vom Anblick der Mädchen, und vergaßen – zumindest für einen Augenblick – völlig ihr geliebtes Raumschiff.

Die Mädchen begannen Dinge zu rufen, die man niemals vorher von ihnen gehört hatte, wie zum Beispiel:

»Wow! Die sind ja TOLL!«

und:

»Mir gefällt der mit dem lockigen schwarzen Haar!«

und:

»Das ist MEINER!«

Diese letzte Bemerkung signalisierte das Ende der friedlichen und harmonischen Existenz der Mädchen. Denn es war der Beginn der

STERNSTUNDE

Die Sternstunde (die nicht nur eine Stunde dauerte), läutete ein neues Zeitalter ein, in dem die Mädchen anfingen darüber zu streiten, welcher der Jungen welchem Mädchen gehörte, welcher der Jungs wen angesehen habe (»Nein, er hat aber *mich* angesehen!«) und welcher der coolste von ihnen sei und so weiter. Dann stritten sie sich darüber, wer von ihnen wohl für die Jungs am attraktivsten sei, und begannen miteinander durch Kleidung, Make-up und so weiter zu wetteifern.

Die Jungen beobachteten das alles mit zunehmend verblüfftem Gesichtsausdruck und reagierten recht unterschiedlich auf die Mädchen:

- Manche verhielten sich besonders cool und gelassen und taten so, als sei ihnen alles egal.
- Andere verbrachten Stunden vor dem Spiegel um sich auf ein Treffen mit den fremden Wesen vom Saturn vorzubereiten.

✹ Einige wurden ganz still und melancholisch und versetzten die Eltern vom Jupiter in Sorge.
✹ Andere schlossen sich in ihr Zimmer ein und hörten Musik.
✹ Ein paar schüttelten einfach nur verblüfft den Kopf und polierten dann weiter ihr geliebtes Raumschiff.

Daraufhin ertönte ein entsetzter Schrei von den Mädchen:
»OH GOTT, SIE INTERESSIEREN SICH GAR NICHT FÜR UNS!«
Und sie fingen an Fragen zu stellen wie:
»Liegt es an meiner Frisur? Sehe ich damit bescheuert aus?«
und:
»Wirkt mein Hintern in dieser Hose zu breit?«

Aber warum fühlten sich die Mädchen und die Jungen denn so unsicher?

Das lag daran, dass es keine Kommunikation zwischen diesen beiden unterschiedlichen Wesen – JUPITER und SATURN – gab; genau deshalb mangelte es auch an Verständnis. Sie fühlten sich zwar zueinander hingezogen (warum sonst hätte das Raumschiff landen sollen?), aber sie waren nicht ganz sicher, wie sie miteinander UMGEHEN sollten.
Tatsache ist: Mädchen und Jungen denken UNTERSCHIEDLICH. Es ist sehr schwierig einzuschätzen, wie unterschiedlich die Denkweisen sind, nachdem man das ja nicht sehen kann (versuch dir einfach vorzustellen, dass das Gehirn eines Jungen eckig ist, wohingegen das eines Mädchens rund ist).
Dieses Buch wird versuchen, die geheimnisvollen Ecken und Rundungen der männlichen und weiblichen Gehirne zu erforschen und zu erklären, wie sie funktionieren. Es wird auch Strategien vorschlagen um interplanetare Harmonie zwischen den JUNGEN vom Jupiter und den MÄDCHEN vom Saturn herzustellen.

JUPITER
(DIE JUNGS VOM JUPITER IM ALLGEMEINEN WERDEN IN DIESEM BUCH OFT AUCH NUR »JUPITER« GENANNT.)

JUNGE VOM JUPITER
(»JUPITER«)

SATURN
(DIE MÄDCHEN VOM SATURN IM ALLGEMEINEN WERDEN HIER OFT AUCH NUR »SATURN« GENANNT.)

MÄDCHEN VOM SATURN
(»SATURN«)

I.

SPOT ON! – AUF SATURN UND JUPITER

Hinweis: Die Jungs vom Jupiter im Allgemeinen werden hier manchmal einfach nur als »Jupiter« bezeichnet. Die Mädchen vom Saturn im Allgemeinen werden oft auch lediglich »Saturn« genannt.

Also, woher kam der Lieblings-Alien (L.A.) des Saturn und woher kamen all seine Freunde? In welcher weit entfernten Ga-

LIEBLINGS-ALIEN (L.A.)

rage der Galaxie hatten sie sich versammelt um das glänzende neue Raumschiff zu bewundern, das die Mutter von Josh vom Jupiter ihm zu seinem Geburtstag geschenkt hatte?

Um etwas Licht auf einige der Besonderheiten des Lebens auf Jupiter und Saturn zu werfen, wurde eine kleine Raumsonde auf eine wissenschaftliche Erkundungsreise geschickt. Sie wurde zuerst in den Briefkasten von Joshs heimatlicher Raumstation katapultiert (und wäre fast in einem *Happs* vom Jupiter-Hund gefressen worden).

EINE KLEINE RAUMSONDE WURDE LOSGESCHICKT ...

Bei Jupiter zu Hause

✸ Zuerst betreten wir die Küchen-Zone von Jupiters Raumstation, wo Josh sich ein Sandwich macht, um auf eine lange kosmische Fahrradtour mit seinen Freunden vom Jupiter zu gehen. Dad vom Jupiter: »Warum nimmst du nicht gleich den ganzen Kühlschrank und die Sache ist erledigt? Du isst uns noch die Haare vom Kopf.«

Mutter vom Jupiter: »Oh, komm schon, Jeremiah, Liebling! Josh ist im Wachstum! Er muss einfach viel essen.«

Tatsache ist: Joshs Mutter (und jede andere Mutter vom Jupiter) verteidigt fast immer ihren Sohn. Sie sorgt für ihn, und das gelegentlich so sehr, dass es ihm peinlich ist, besonders, wenn sie das in Gegenwart seiner Freunde macht oder vor einem Mädchen vom Saturn. Für Jupiter ist der Faktor Möglicher Peinlichkeiten (F.M.P.), Eltern zu haben, ziemlich hoch (mehr darüber später …)

✸ Als Nächstes betreten wir die Wohnzimmer-Zone vom Jupiter, wo Josh sich über das ganze Sofa ausgebreitet hat (Jungs sind Experten darin sich auszubreiten – kein anderes Lebewesen schafft es, so viel Platz für sich zu beanspruchen, nicht einmal der Hund vom Jupiter).
Josh sieht sich ein Fußballspiel im Fernsehen an. Seine Mutter betritt den Raum.
Mutter vom Jupiter: »Josh, ich muss dir was sagen. Ich erwarte ein Baby!« Josh *(der seinen Blick nur unter größter Anstren-*

JUPITER IST EXPERTE DARIN SICH AUSZUBREITEN

gung vom Bildschirm wenden kann): »Ähm ... das ist, ähm, ja Wahnsinn, Mum ... ich meine ... ähm, ich weiß nicht, was ich sagen soll.« Plötzlich springt er mit einem Riesenaufschrei in die Luft: »Ja! JAAAA!!! Sie haben ein Tor geschossen! Mum! Mum! *Jupiter United* hat ein Tor geschossen! Ist dir klar, was das BEDEUTET? Ist dir das klar? Sie haben sich QUALIFIZIERT! Ja! Sie schaffen es!« Er umarmt seine Mutter. Sie sieht leicht verblüfft aus und verlässt das Zimmer.

Tatsache ist: Jupiter findet es manchmal schwierig, mit Gefühlen umzugehen oder mit Dingen, die ihm zu nahe gehen. Er konzentriert sich lieber auf Sachen wie Sport, was ihn von beunruhigenderen Gedanken oder Gefühlen ablenkt. Er braucht viel RAUM, FREIHEIT und ACTION.

✸ Als Nächstes betreten wir die Eigene-Zimmer-Zone: Jupiters ureigener Welt-Raum. Hier kann er entspannen, seine Besitztümer (sein »Zeug«!) am ganzen Ort verstreuen, seinen Gedanken und Träumen nachhängen und seine Lieblingsmusik hören – bis die Mutter vom Jupiter ihm sagt, er solle die Lautstärke runterdrehen und sein Zimmer aufräumen. Auf gewisse Weise ist das Leben auf Jupiter dem Leben auf Saturn gar nicht so unähnlich. Die Wände des eigenen Zimmers vom Jupiter sehen jedoch wahrscheinlich anders aus. Sie sind eventuell mit Postern dekoriert, die etwas mit seinem Lieblingssport zu tun haben, oder es hängt ein riesiges Bild des neuesten und schnellsten Raumschiffes an der Wand. Es könnte sogar ein oder zwei Bilder von Mädchen geben, aber Jupiter zieht es gewöhnlich vor, dass der Rest seiner Familie (diejenigen, die darauf bestehen, von Zeit zu Zeit sein Zimmer zu betreten) nicht allzu viel davon sieht (erneut F.M.P.). Jupiter ist häufig auch ein eifriger Sammler. Es könnte z.B. eine Sammlung von Fossilien geben, interessanten Steinen, Modell-Raumschiffen oder sie-

JUNGS BRAUCHEN ACTION

benundzwanzig verschiedenen Arten von Kakteen. Eine Besucherin vom Saturn mag vielleicht eingeladen werden, seine Sammlung von handbemalten Miniatur-Schlachtschiffen zu bewundern oder sehr seltene Merkurianische Mondmäuse oder Ähnliches.

Tatsache ist: Irgendetwas in Jupiters Raumstation zu bewundern ist ein guter Weg, ihm ein Kompliment zu machen, ohne ihn in Verlegenheit zu bringen.
Wichtig ist jedoch, nicht zu vergessen, dass Jupiter sich in seiner vertrauten Umgebung anders benimmt, als wenn er sich in die Umgebung des Saturn begibt.

Wie Jupiter sich benimmt, wenn er zu Hause ist

✹ Ich bin nicht mit dem Abwasch an der Reihe. Hör mal, ich bin wirklich müde. Mach du ihn doch. Mum, MUM! Ich bin müde! Ich hatte echt einen harten Tag in der Schule. Nein, ich will nicht ins Bett. Mein Lieblingsprogramm kommt gleich.«

✹ Zu seiner kleinen Schwester: »Nein, ich werde dir nicht vorlesen. Siehst du denn nicht, dass ich beschäftigt bin? HAU AB!«

✹ Zum Hund: »Geh vom Fernseher weg, du blödes Vieh. Ich kann ja überhaupt nichts sehen. Nein, ich geh nicht mit dir um den Block. VERGISS ES, du alter Flohsack!«

Übrigens: Jupiter ist normalerweise außerordentlich höflich, wenn er Saturn oder einen Freund besucht.

✹ Kann ich Ihnen beim Abwasch helfen, Mrs. Saturn? Nein, nein, das macht mir gar nichts aus. Vielen Dank für das ausgezeichnete Essen!«

✹ Ist das deine kleine Schwester? Ich hab auch eine kleine Schwester. Sie ist süß. Sie will immer, dass ich ihr vorlese.«

✹ Ich mag deinen Hund. Ich hab auch einen Hund. Ich hab viel Spaß mit ihm und geh oft mit ihm spazieren. Sollen wir mit deinem Hund um den Block gehen?«

Wenn Jupiter in seiner vertrauten Umgebung ist, entspannt er sich eher. Es ist ihm so ziemlich egal, was seine Mutter, seine kleine Schwester oder der Hund von ihm denken. Er ist die meiste Zeit nett zu ihnen, aber er hat nicht das Bedürfnis, sich die ganze Zeit von seiner besten Seite zu zeigen. Er weiß, dass sie seine gelegentlichen Launen akzeptieren und ihn trotzdem mögen. (»Es ist sein Alter, Jeremiah. Er kann nichts dafür. Das gehört alles zum Erwachsenwerden. Es nützt auch nichts, wenn du die Geduld mit ihm verlierst. Das ist eben die Pubertät. Du musst nur Geduld haben …«)

Wenn er die natürliche Umgebung des Saturn besucht, kümmert es ihn viel stärker, was die anderen von ihm denken. Es ist ihm wichtig, was Saturn von ihm denkt, und er wird sich ihr gegenüber von seiner besten Seite zeigen. Das ist ein ziemlicher Stress für ihn, also sollte Saturn nicht allzu verblüfft sein, wenn er zu seinem normalen Benehmen zurückkehrt (sich überall auszubreiten und sich zu weigern, auch nur einen Finger für den Abwasch zu rühren), sobald er wieder einen Fuß auf Jupiter gesetzt hat.

Bei Saturn zu Hause

(Die kleine Raumsonde – leicht angeschlagen, nachdem Josh sie mit seinem Tennisschläger aus dem Fenster seiner Raumstation befördert hat – richtet ihre Scheinwerfer jetzt auf die heimatliche Raumstation auf Saturn.)

✹ Zuerst versuchen wir die Badezimmer-Zone zu betreten. Das könnte ein Problem sein, weil die Tür verschlossen ist und Saturn die nächsten drei Stunden darin verbringen wird, versunken in einem Schaumbad, um außerdem noch ihr Haar zu waschen und zu tönen und so weiter. Jupiter verbringt nicht ganz so viel Zeit in der Badezimmer-Zone (obwohl auch er sein Haar färbt), aber er bevorzugt es grundsätzlich, vor dem Fernseher oder vor dem Computer zu sitzen. Saturn andererseits wird vom Badezimmerspiegel angezogen, als sei er ein starker Magret, und sie verbringt viele Stunden davor, indem sie versucht ihr Aussehen so zu verbessern, dass jeder Junge vom Jupiter sie unwiderstehlich finden muss.

✹ Als Nächstes betreten wir die Eigene-Zimmer-Zone von Saturn, wo es KEINE ZWEIFEL mehr gibt, wo ihr Hauptinteresse liegt: JUNGS. Sie ist offensichtlich fasziniert vom Leben auf Jupiter, denn es gibt überall Bilder und Poster von gut aussehenden männlichen Wesen. Der Boden und das Bett sind übersät mit Zeitschriften, aus welchen sie ständig mehr und mehr Bilder von Jupiter ausschneidet. (Ihre Zeitschriften handeln alle von Jupiter, wohingegen Jupiters Zeitschriften überwiegend von Raumschiffen handeln.) Natürlich hat Saturn auch noch viele andere Interessen, aber diese werden vorübergehend aus ihrem Geist verdrängt, wenn ein gut aussehender Junge oder ein Göttlicher Körper vom Jupiter in ihr Blickfeld gerät.

✹ Saturn im Bereich der Fernseh-Zone. Saturn ist eine eifrige Zuschauerin von Soaps und der Dramen anderer Menschen auf dem Fernsehbildschirm, sofern sie mit Beziehungen und Gefühlen zu tun haben (nicht mit Raumschiffen). Jupiter sagt, dass Soaps dummes Zeug seien, und er versteckt sich hinter seinen Raumschiff-Zeitschriften (obwohl es nicht unwahrscheinlich ist, dass er jedes Wort mithört). Er bevorzugt Filme mit jeder Menge Action und Sportprogramme.

Tatsache ist: Saturn spricht normalerweise offener mit dem Rest ihrer Familie über ihre Hoffnungen, Ängste, Träume und Sorgen, usw. als Jupiter mit seiner Familie (die F.M.P. werden auf Saturn nicht so schnell erreicht).
✹ Mädchen mögen einfach eine gute Unterhaltung (deshalb ist auch die Telefon-Zone auf Saturn so wichtig).

Sophie vom Saturn: »Dad, kann ich mal schnell Sarah anrufen? Ich muss unbedingt mit ihr reden!«
Dad vom Saturn: »Aber du hast Sarah doch den ganzen Tag in der Schule gesehen! Und morgen siehst du sie auch wieder. Warum um Himmels willen musst du sie *jetzt* auch noch anrufen?«
Um nicht gezwungen zu sein, eine gute Unterhaltung abzubrechen (d.h. nach Hause zu gehen und zu schlafen), organisieren Mädchen manchmal eine Übernachtungsparty (die Saturn-Übernachtungsparty), damit sie sich die ganze Nacht unterhalten können.

Gespräche von Saturn zu Saturn

Saturn teilt ihre Gedanken und Gefühle mit anderen Mädchen. Sie hören einander zu und bieten einander als Zeichen der Freundschaft Rat und Unterstützung an. Hilfe anzunehmen wird nicht als Zeichen von Schwäche angesehen (wie es so oft auf Jupiter der Fall ist). Mädchen gehen auf die Erfahrungen der anderen ein, indem sie zugeben, dass auch sie Fehler gemacht haben, was zeigt, dass sie auch nur Menschen sind. Sie geste-

ÜBERNACHTUNGSPARTY DER MÄDCHEN

ÜBERNACHTUNGSPARTY DER JUNGEN

hen sich, welche dummen Dinge sie gesagt oder getan haben, und an dieser Stelle fangen sie vielleicht an, unkontrolliert zu kichern. Dies ist äußerst therapeutisch. Es ist auch die Art von Benehmen, die Jupiter an die Decke bringt.

Vertrauliche Saturngespräche

Sarah vom Saturn: »Wie geht's dir, Susie?«

Susie vom Saturn: »Nicht so gut.«

Sarah: »Willst du darüber reden?«

Susie: »Ja.« (An dieser Stelle hat Susie vielleicht sogar einen Tränenausbruch, weil sie so erleichtert ist, endlich eine Freundin gefunden zu haben, mit der sie reden kann. Sie legt unter Umständen kurz ihren Kopf auf Sarahs Schulter und umarmt sie, bevor sie anfängt zu erzählen.)

Susie: »Weißt du, was er zu mir gesagt hat?«

Sarah: »Nein. Was denn?«

Susie: »Er hat gesagt, mein Hund sei blöde.«

Sarah: »Dieser unsensible Macho! Und was hast du gesagt?«

Susie: »Ich hab ihm gesagt, dass er ein unsensibler Macho sei und dass ich meinen Hund sehr lieb hätte und wüsste, dass er nicht perfekt sei, aber das hätte gar nichts damit zu tun, und er sollte solche Dinge nicht sagen, weil er wissen müsste, wie ich mich dann fühle.«

Sarah: »Was hat er dann gesagt?«

Susie: »Nichts. Er hat einfach weiter seinen blöden Fußball gegen die Wand geknallt.«

Sarah: »Und was hast du dann gemacht?«

Susie: »Ich hab ihm gesagt, dass er sagen müsste, dass es ihm Leid tut.«

Sarah: »Und was hat er gesagt?«

Susie: »Er sagte ›Tut mir Leid‹.«

Sarah: »Und war es dann wieder in Ordnung?«

Susie: »Nein. Ich hab ihm gesagt, dass das nicht reicht.«

Sarah: »Und was ist dann passiert?«

Susie: »Er hat ›Bis später!‹ gerufen und ist weggerannt. Und … ach Sarah, das Problem ist, dass ich ihn immer noch mag. Und wie! Aber ich kann ihm einfach nicht verzeihen, dass er meinen Hund beleidigt hat. Und jetzt hasst er mich wahrscheinlich. Und

es ist alles so schwierig.« (Sie bricht wieder in Tränen aus und Sarah legt tröstend den Arm um sie.)
Sarah: »Ich weiß, wie es dir geht. Mir ist so was Ähnliches auch schon passiert.« (Saturn wird immer erleichtert sein zu hören, dass ihre Freundin das auch schon durchgemacht und überlebt hat.) »Ich bin sicher, er mag dich immer noch.« (Gegenseitiges Aufbauen ist ein wichtiger Teil eines vertraulichen Saturn-Gesprächs.) »Vielleicht braucht ihr beide erst mal ein bisschen Abstand, um euch zu beruhigen. Ihr braucht bestimmt nur eine Pause. Dann werdet ihr euch wieder versöhnen. Komm doch einfach mit mir Einkaufen!«

Gespräche von Jupiter zu Jupiter

Wenn Jupiter irgendein Problem hat, will er meist nicht darüber reden. Stattdessen stürzt er sich in ein schwieriges Projekt (wie zum Beispiel das ganze Raumschiff in Stücke zu zerlegen und wieder zusammenzusetzen) oder er treibt Sport. Wenn er etwas geschafft hat, steigt sein Selbstwertgefühl, und deshalb ist er dann besser in der Lage, mit dem Problem zurechtzukommen, was immer es ist. Er zieht es vor, sich allein über alles klar zu werden.

Typische Unterhaltung von Jupiter zu Jupiter
(Eher kumpelhaft als vertraulich)

PHASE EINS DER UNTERHALTUNG: Austausch der Begrüßung.
James vom Jupiter: »Hallo, Joe. Wie läuft's?«
Joe: »Super. Und bei dir?«
James: »Passt schon. Wie geht's Susie?«
Joe: »Gut.«
James: »Gut für dich. Du hast vielleicht ein Glück!«
MÖGLICHE PHASE ZWEI DER UNTERHALTUNG: Anhaltendes, lautes Gelächter, gefolgt vom Austausch von Rückenklatschen, freundlichem Schubsen oder gespielten Raufereien, anzüglichen Bemerkungen, ordinären Witzen und sogar ordinären Geräuschen – all das, was allgemein bekannt ist als gut gelauntes Herumalbern.
PHASE DREI DER UNTERHALTUNG: Genug davon. Zeit für Action.
Joe: »Wie wär's mit Fußball?«
James: »Ja, klar. Wer als erster am Feld ist!« (Freundschaftliche Herausforderung.)
PHASE VIER: Gibt es nicht.

Übrigens: Jungen besprechen gelegentlich wichtige Angelegenheiten miteinander und haben natürlich auch Gefühle. Es ist nur so, dass ihre Gefühle häufig unter Schutzschichten von Worten verborgen werden, wohingegen Mädchen ihre Gefühle durch Worte ausdrücken. Wegen dieser Neigung zum Verbergen ihrer wahren Gefühle ist es für Jungs vielleicht schwieriger, mit ihren Gefühlen umzugehen, denn sie versuchen ja, ALLEIN damit klarzukommen (fast wie ein innerer Test von Stärke und Ausdauer), und Saturn sollte sich bemühen, dies zu verstehen und Geduld zu haben.

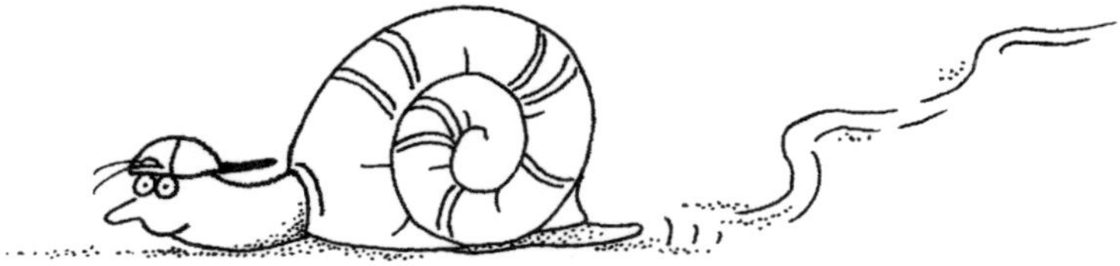

SCHNECKE VOM JUPITER

Interplanetarer Rat an Saturn

Wenn er nicht reden will, setz ihn nicht unter Druck, indem du ihn ständig fragst: »Was ist denn los? Sag es mir doch!« Das ist, als ob du versuchst eine Schnecke aus ihrem Haus zu holen. Du wirst sie nur verletzen (oder ihren Stolz, wenn es eine Schnecke vom Jupiter ist).

Lass ihm genug Zeit und Freiraum, dann wird er aus seinem Schneckenhaus kommen, sobald er das Gefühl hat, bereit dafür zu sein. Wenn Jupiter von sich aus zu Saturn kommt und reden will, ist das völlig in Ordnung.

Interplanetarer Rat an Jupiter

Fühl dich nicht zu sehr unter Druck gesetzt, wenn Saturn anfängt, dir Hunderte von unergründlichen Fragen zu stellen, oder etwas von dir zu erwarten scheint. (Was? Du hast keine Ahnung.) Du könntest es damit versuchen:

- Frag deine Mutter um Rat oder irgendeine Bewohnerin des Saturn, der du traust. Sie können es dir vielleicht erklären.
- Sag Saturn, dass du keine Ahnung hast, was los ist, und bitte sie, es dir zu erklären.
- Wenn du das Bedürfnis verspürst davonzulaufen, könntest du die herbe Enttäuschung bei Saturn dadurch mindern, dass du vorschlägst, dass ihr euch ein andermal wieder trefft, oder indem du einfach nur sehr freundlich bist, bevor du dich verabschiedest.

Wenn Saturn mit Jupiter spricht und Jupiter mit Saturn

Das ist der Zeitpunkt, wo die Probleme (und der Spaß) beginnen. Saturn und Jupiter machen den grundlegenden Fehler anzunehmen, dass sie die gleiche Sprache sprechen, dabei sind es jedoch zwei völlig unterschiedliche:

Saturnsprache und Jupiterjargon

Dies führt zu interplanetaren Kommunikationsproblemen. Obwohl Saturn und Jupiter die gleichen Worte verwenden, benutzen sie diese offenbar auf unterschiedliche Weise und mit unterschiedlichen Bedeutungen, und da beginnen die Missverständnisse.

Elementare Grundkenntnisse der Saturnsprache

Mädchen reden um etwas zu ENTHÜLLEN. Sie setzen die Sprache ein um sich besser zu verstehen und sich einander nahe zu fühlen. Zuhören ist wichtig, genauso wie gehört zu werden.

Elementare Grundkenntnisse des Jupiterjargons

Jungen reden um etwas zu VERBERGEN. Sie bevorzugen es, Beziehungen und ihre tiefsten Gefühle nicht zu diskutieren. Sie setzen die Sprache ein um Themen, die zu persönlich oder zu problematisch sind, auszuklammern und um den Rest der Welt (der gewöhnlich die Kumpels vom Jupiter einschließt und ganz besonders jede Bewohnerin vom Saturn) zu überzeugen, dass es ihnen gut geht. Ihre beste Verteidigung sind dabei nicht Worte, sondern SCHWEIGEN, und es ist sehr schwierig, die Barriere des Schweigens bei Jupiter zu durchbrechen, sobald sie erst einmal errichtet ist. Jungs ziehen es vor, ein Problem mit Aktionen anzugehen anstatt mit Worten. Die Neigung von Saturn, sich auf jedes einzelne Wort von ihm zu stürzen und wissen zu wollen, was er damit gemeint hat, ist der beste Weg, Jupiter ganz schnell zurück in sein Schneckenhaus zu schicken. Wenn sie ihn dann immer noch nicht in Ruhe lässt und ihn weiter ausfragt oder absichtlich provoziert, weil sie unbedingt eine Antwort haben will, wird er vermutlich wütend. Dann könnte es passieren, dass die Schnecke vom Jupiter tobend aus ihrem Haus kommt und Saturn in den Knöchel beißt (es gibt nichts Schlimmeres als eine aggressive Schnecke).

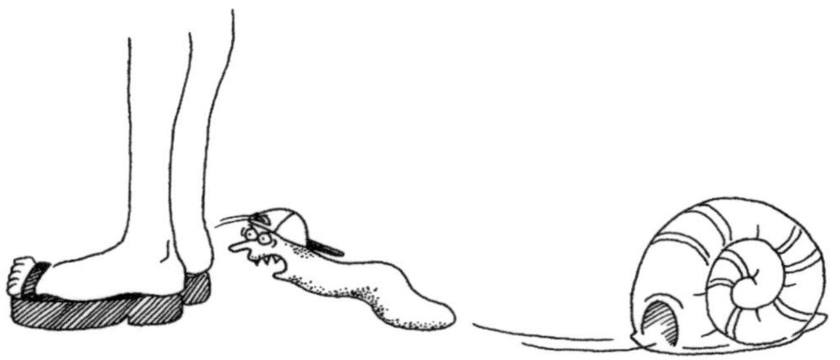

BEI EINER PROVOKATION KÖNNTE DIE SCHNECKE VOM JUPITER TOBEND AUS IHREM SCHNECKENHAUS KOMMEN UND DICH IN DEN KNÖCHEL BEISSEN.

Die interplanetare Katastrophe ist eingetroffen! Dies geschieht, wenn Saturn erwartet, dass Jupiter mit ihr spricht und ihr zuhört wie eine Mitbewohnerin vom Saturn dies tun würde. Sie erwartet von ihm, fließend Saturnsprache zu sprechen, was er aber nicht kann.

Die kosmische Szene

Susie vom Saturn: »James, kann ich mit dir reden?«
James vom Jupiter: »Ja, kannst du. Tust du ja schon. Haha.«
Susie: »Mir ist nicht nach Lachen.« (An dieser Stelle würde eine beste Freundin vom Saturn verständnisvoll fragen: »Was ist denn los?« Jupiter jedoch interpretiert die Bemerkung »Mir ist nicht nach Lachen« als eine persönliche Herausforderung. Es ist eine Gelegenheit für ihn zu beweisen, dass er unwiderstehlich

lustig ist und sie aufmuntern kann. Er muss sie einfach zum Lachen bringen. Also wird er ihr den Witz von der Nonne, dem Hühnchen und der Banane erzählen.)
Susie: »Ich hab grade GESAGT, mir ist nicht nach Lachen! Hast du mir nicht zugehört?« (Doch, er hat ihr zugehört. Aber er hat ihre Worte anders interpretiert. Jetzt ist er beleidigt, weil sie nicht über seinen Witz gelacht hat.)
James: »Hey, lass deine Wut nicht an mir aus! Was hab ich denn getan?« (Die beste Freundin vom Saturn würde nun versuchen herauszufinden, warum Saturn so aufgebracht ist und sie beruhigen, indem sie ihr zuhört. Jupiter jedoch ist beleidigt, weil sie nicht über seinen Witz gelacht hat, und empfindet ihre schlechte Laune als einen persönlichen Angriff gegen ihn. Er geht jetzt in Abwehrhaltung. Und wenn sie nun in Tränen ausbricht und versucht sich an seiner Schulter auszuweinen, zieht er sich zurück. Er kann mit diesen plötzlichen Stimmungsumschwüngen nicht umgehen. Es kommt ihm vor, als sei sie SAUER auf ihn.)
Susie: »Du machst dir gar nichts aus mir!«
James: »Ich weiß nicht, was du meinst.« (Das ist eine Tatsache!) »Wein doch nicht. Ich pack das nicht, wenn du weinst. Hier, du kannst mein Taschentuch haben.« (Jupiter findet gerne prakti-

sche Lösungen für Probleme und diese ist die einzige, die ihm gerade einfällt. Das muss doch reichen! Er ist mit sich selbst zufrieden. Eigentlich müsste sie sich jetzt wieder beruhigen.
Susie ihrerseits interpretiert das Angebot des Taschentuchs als ein Zeichen, dass James doch etwas für sie empfindet, und vor Erleichterung fängt sie an, gleichzeitig zu weinen und zu lachen. James ist nun völlig durcheinander und bewegt sich unauffällig in Richtung Tür, um so schnell wie möglich entkommen zu können.)
Susie *(jämmerlich)*: »Das ist ja ein abscheuliches Taschentuch!«
(Die beste Freundin von Saturn hätte bei dieser Gelegenheit mit Saturn über etwas so völlig Albernes wie ein abscheuliches Taschentuch gelacht, bevor sie – dann entspannter – zur ernsthaften Seite der Unterhaltung zurückgekehrt wären. Jupiter jedoch ist zutiefst beleidigt, dass sie das Einzige, was er ihr angeboten hat, nämlich sein Taschentuch, beleidigt hat. Er ist sich nicht bewusst, dass in dieser Unterhaltung bereits eine verborgene Bedeutung liegt. Sein Taschentuch zu beleidigen ist schon schlimm genug; wenn sie sein Taschentuch nicht mag, heißt das für ihn, dass sie IHN nicht mag.)
James: »Dann such dir doch dein eigenes Taschentuch! Mir doch egal.«
Susie: »WAS MEINST DU DAMIT, ›IST DIR DOCH EGAL‹? BIN ICH DIR ETWA EGAL??!« (Dies ist eine Überreaktion von Saturn – mehr darüber später.)
(James verschwindet mit Höchstgeschwindigkeit aus dem Zimmer.)

Diese Unterhaltung zeigt, dass Jupiter und Saturn Welten voneinander entfernt sind und dass die Kluft zwischen ihnen hauptsächlich aufgrund eines Zusammenbruchs oder eines Mangels an richtiger Kommunikation besteht. James und Susie sprechen zwei unterschiedliche Sprachen. Das Ergebnis ist eine

Art von interplanetarem Rauschen oder so etwas wie ein galaktischer Nebel von Missverständnissen, durch welchen niemand den anderen erreichen kann. Sie REAGIEREN lediglich auf die Worte des anderen, anstatt sie auch zu VERSTEHEN.

Strategien für eine bessere Kommunikation, welche wiederum zu größerer interplanetarer Harmonie führt

1. Jupiter sollte lernen, Saturn zuzuhören, und begreifen, dass er keine sofortige Lösung anbieten MUSS. Saturn wird sich nicht gleich im Stich gelassen fühlen, nur weil er irgendein Problem nicht innerhalb der nächsten fünf Minuten gelöst hat. Alles, was sie will, ist, dass er ihr zuhört und sie das Gefühl haben kann, ihm so wichtig zu sein, dass er sich die Zeit nimmt, ihr zuzuhören.

2. Saturn sollte begreifen, dass Jupiter Taten den Worten vorzieht und dass es für ihn eine Art von Bewährungsprobe ist, nur stillzusitzen und zuzuhören. Er verspürt vielleicht das dringende Bedürfnis, gleichzeitig mit einem Ball herumzuspielen, einige Fußball-Manöver durchzuführen oder ein paar Sprünge auf seinem Skateboard zu üben. Das bedeutet nicht, dass er sich nichts aus ihr macht; er ist einfach nur ANDERS. Wenn Saturn jemanden braucht, der stundenlang mit ihr redet, ist sie besser beraten, wenn sie die Gesellschaft der besten Freundin vom Saturn sucht.

3. Saturn sollte direkt sein, aber nicht auf Konfrontationskurs gehen, wenn sie mit Jupiter spricht. Wenn sie stets nur andeutet, dass sie mit ihm ins Kino möchte (»Ich würde unheimlich gern ›Liebe auf einem kalten Planeten‹ sehen« … »Hast *du* schon ›Liebe auf einem kalten Planeten‹ gesehen?« … »Ich habe gehört, dass ›Liebe auf einem kalten Planeten‹ diese Woche im Kino läuft – Ich möchte ihn unheimlich gerne sehen!«), kann es passieren, dass er diesen Hinweis NIE versteht oder einfach nur genervt ist. Es ist besser, wenn sie ihn unaufdringlich, aber direkt fragt: »Hast du vielleicht Lust, mit mir ›Liebe auf einem kalten Planeten‹ anzusehen?« Falsch wäre es, vorwurfsvoll zu werden: »Wir kennen uns jetzt schon seit sechs Monaten und du bist noch nie mit mir ins Kino gegangen! Warum gehst du nicht mit mir in ›Liebe auf einem kalten Planeten‹?« Wenn sie vorwurfsvoll und fordernd ist, wird er sich sofort schnellstens zurückziehen, weil sie ihm das Gefühl gibt, ständig zu versagen. Erfolg und das Gefühl, etwas geleistet zu haben, sind für Jupiter äußerst wichtig.

4. Zeig deine Anerkennung! Selbst wenn es um etwas Kleines und Unbedeutendes geht, kann das WUNDER wirken.

5. Lächle! Wenn Jupiter und Saturn sich anlächeln (und ich meine damit nicht ein gekünsteltes Lächeln oder Grinsen, mit dem du aussiehst, als seist du völlig gestört … etwas Dezenteres reicht da völlig aus), können sie sich vermitteln, dass sie sich

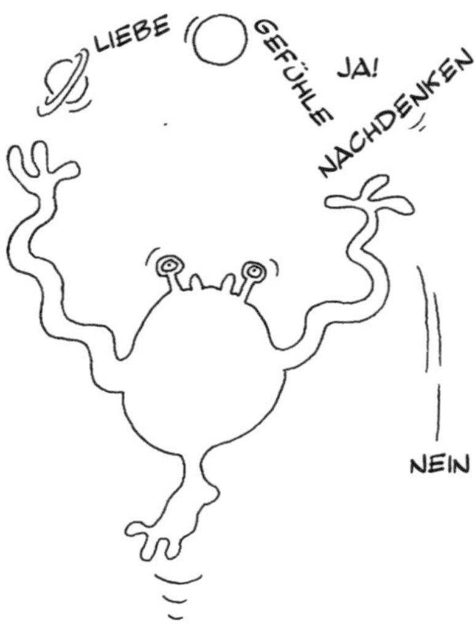

MIT UNTERSCHIEDLICHEN WORTEN/WELTEN JONGLIEREN

mögen, selbst wenn ihnen nichts Vernünftiges einfällt, was sie sagen könnten. Um genau zu sein: Ein Lächeln, ganz besonders, wenn du auch mit den Augen lächelst, ist ein universell bekanntes Zeichen von Freundschaft oder Zuneigung (abgesehen vom Planeten Zodd, wo sie zur Begrüßung sechs Beine heben und schreien: »Zodd ab!«, worauf die übliche Antwort lautet: »Zodd mich!« Achtung: Erdlinge werden diese Worte leicht missverstehen – also probier das nicht zu Hause!).

6. Manchmal ist es besser, GAR NICHTS zu sagen. Jupiter mag keine Ratschläge oder Kritik, um die er nicht gebeten hat. Eine Bemerkung wie: »Ich finde, du siehst ohne den Hut besser aus«, könnte unbeabsichtigt als Beleidigung aufgefasst werden und ein verletztes Schweigen nach sich ziehen. Kritik an Saturn oder Ratschläge an sie sollten äußerst vorsichtig ausgedrückt werden, um interplanetare Turbulenzen zu vermeiden.

7. Gutes Timing ist alles! Wähle den richtigen Moment …

Gute und schlechte Momente, um mit Jupiter zu reden

Gute Momente

- Wenn er gerade etwas geschafft hat, wie z.B. ein Spiel zu gewinnen, eine Prüfung zu bestehen, einen besonders ausgefallenen Sprung auf seinem Skateboard zu vollführen oder mit der Zunge seine Nasenspitze zu berühren. Da wird er definitiv gut gelaunt sein.
- Wenn er allein ist, ohne dass irgendeiner seiner Kumpels in der Nähe ist, um ihn (und Saturn) aufzuziehen und in Verlegenheit zu bringen.

Schlechte Momente

- Wenn er gerade erst aufgestanden ist. Er braucht einfach erst mal einige Stunden, bis sein Verstand sich in Bewegung setzt. Saturn sollte ihn auch stets seine Mahlzeit beenden lassen, bevor sie erwartet, dass er sich mit ihr unterhält. Mit leerem Magen ist das für ihn unmöglich.
- Wenn er sich etwas Interessantes im Fernsehen ansieht.
- Wenn er vor einem Computerspiel sitzt.

SCHLECHTE MOMENTE, UM MIT JUPITER ZU REDEN

- Wenn er versucht nachzudenken. (Achte auf die leisesten Anzeichen von konzentriertem Stirnrunzeln und den abwesenden Ausdruck in seinen Augen.)
- Wenn er müde ist.

Inzwischen solltest du gemerkt haben, dass es mehr schlechte Momente gibt, um mit Jupiter zu reden, als gute. Das war zu erwarten. Er braucht seine Freiheit und liebt Action, und zu viele Worte ziehen ihn nur runter und sind außerdem einfach nicht sein Stil.

Gute und schlechte Momente, um mit Saturn zu reden

Gute Momente

- Zu jeder Tages- und Nachtzeit, wenn Jupiter das Gespräch mit den Worten beginnt: »Kann ich bitte mal mit dir reden? Ich muss wirklich mit jemandem reden und du bist die Einzige, die mir da einfällt.« Denn Saturn um Hilfe und Rat zu bitten ist das größte Kompliment, das Jupiter ihr machen kann, da es zeigt, dass er ihr genug vertraut, um sich bei ihr auszusprechen.

Schlechte Momente

- Wenn sie sich gerade mit ihrer besten Freundin vom Saturn zerstritten hat.
- Wenn sie sich wieder mit der besten Freundin vom Saturn versöhnt hat und die beiden in ein sehr intensives Gespräch vertieft sind. Da werden sie über jegliche Unterbrechung sauer sein.
- Wenn sie und ihre beste Freundin vom Saturn unkontrollierbar herumkichern (sie sind »durchgeknallt« oder einfach nur in total alberner Stimmung). Jupiter wird kein vernünftiges Wort aus ihr herausbringen.

Ein weiterer guter Moment, um mit Saturn zu reden

- Wenn die beste Freundin vom Saturn nicht in der Nähe ist. Dadurch wird Jupiter nicht das unangenehme Gefühl haben, dass Saturn und die beste Freundin über ihn reden, sobald er ihnen auch nur den Rücken zugewandt hat.

Nachfolgend hat der *Große Universal-Übersetzer* einige Beispiele von Saturnsprache und Jupiterjargon aufgelistet, um jenen behilflich zu sein, die ihren Lieblings-Alien verstehen möchten.

Saturnsprache	**Übersetzung**
»Ich hasse meine Frisur.«	»Bitte sag mir, dass dir meine Frisur gefällt.«
»Ich hasse Jungs.«	»Ich kann ohne sie nicht leben.«
»Ist dir nichts an mir aufgefallen?«	»Du hast gar nicht gemerkt, dass ich Strähnchen im Haar habe!«

»Was denkst du gerade?« »Sitz nicht einfach nur da, ohne einen Ton zu sagen. Sprich mit mir!«

»Wohin schaust du denn?« »Warum schaust du mich nicht an?«

»Ich finde, Freundschaft und Vertrauen sind das Wichtigste in jeder Beziehung.« »Bitte küss mich!«

»Was ist denn los?« »Sag mir, was los ist. Ich will gebraucht werden.«

»Du bist ein guter Freund!« »Danke, dass du zugehört hast.«

Jupiterjargon	Übersetzung
»Mädchen sind OKAY.«	»Oh Mann! Mädchen sind TOLL!«
»Ich denke, du bist … ähm … in Ordnung.«	»Ich liebe dich.«
»Mädchen? PHHH! Okay …. nicht übel …«	»Mädchen machen mir Angst.« (Aber mit coolen Sprüchen kann ich meine Unsicherheit verbergen.)
»Ich weiß nicht, was du meinst.«	»Ich will gar nicht WISSEN, was du meinst. Lass mich in Ruhe. Ich brauch mehr Freiheit!«
»Gehen wir doch mit dem Hund spazieren/machen wir einen Ausflug mit meinem Raumschiff.«	»ALLES, außer hier rumzusitzen, während du rumlaberst … Ich brauch mehr ACTION!«
»Was ist denn los?«	»Meine Güte, mach nicht so ein Gesicht oder ich verzieh mich.«
»Was ist denn JETZT los?«	»Was habe ICH denn gemacht?«
»Du bist eine gute Freundin.«	»Es macht Spaß mit dir und du willst nicht dauernd was von mir. Schön, dass es dich gibt.«

2.
WELTEN AUF KOLLISIONSKURS

Was passiert, wenn die Welten kollidieren und die Bahnen von Jupiter und Saturn sich kreuzen?
Das ist das Zeitalter von interplanetaren Problemen!
Natürlich existieren die Jungs vom Jupiter und die Mädchen vom Saturn schon seit ewigen Zeiten nebeneinander, aber sie haben nie so richtig aufeinander geachtet. Doch etwas hat sich verändert …

Sie haben angefangen sich gegenseitig stärker wahrzunehmen und – was noch wichtiger ist – sie haben bemerkt, dass sie *bemerkt* wurden. Das hat manche unter ihnen ziemlich nervös gemacht und vielleicht sogar aufgeregt, wohingegen es anderen völlig zu Kopf gestiegen ist, was zu einem gewissen eigenartigen Benehmen sowohl bei Jupiter als auch bei Saturn führte.

Wie verändert sich Saturns Benehmen, wenn sie Jupiter trifft?

✹ Sie wird plötzlich ziemlich unsicher und macht sich Sorgen um ihr Aussehen. Sie will nicht, dass Jupiter davon abgestoßen wird. Das ist sehr unwahrscheinlich, solange sie freundlich ist und ein nettes Lächeln hat, aber das ändert auch nichts daran, dass sie sich Sorgen macht. Sie wird mehr und mehr davon überzeugt sein, dass Jupiter über sie lacht oder sie überhaupt nicht bemerkt, solange sie nicht ihre Augenbrauen zupft. (»Sie sind einfach zu buschig, wie große, haarige Raupen vom Mars!«)

Tatsache ist: Es sind wahrscheinlich nicht ihre Augenbrauen, die Jupiter als Erstes bemerken wird. Saturn macht den Fehler anzunehmen, dass er jede Kleinigkeit ihres Aussehens genauso wahrnimmt wie sie selbst. (»Oh mein Gott, ich habe einen Pickel an meinem linken Ohrläppchen! Er wird mich nie wieder ansehen!«) Tatsache ist, dass Jupiter selten ein derart aufmerksamer Beobachter ist. Saturn könnte wahrscheinlich jeden Tag in der Woche eine andere Haarfarbe haben und er würde es nicht einmal bemerken …

Samantha vom Saturn: »Ist dir meine Haarfarbe aufgefallen?«
Josh vom Jupiter: »Äh, klar. Es ist, ähm … braun. Wie immer.«

- Sie wird sich plötzlich viel mehr bewusst, was sie sagt, weil sie immer das Richtige sagen will, damit er sie mag. Unglücklicherweise weigert sich ihr Verstand manchmal mitzuarbeiten, weil sie so nervös ist, und sie ertappt sich plötzlich dabei, Dinge zu sagen wie:
»Hi! Ich … ähm … Ich bin, ähm .. Oh mein Gott, ich hab es vergessen!« »HÄMÄH …« (Oder irgendein anderes merkwürdiges Geräusch entfährt ihr, wenn sie eigentlich nur sagen wollte: »Hi, wie geht's?«)
- Sie verfällt ins andere Extrem und kann nicht mehr aufhören zu reden. Ihr Verstand und ihre Stimme funktionieren in unterschiedlicher Geschwindigkeit (beide sehr schnell), und ihr wird klar, dass sie über beides überhaupt keine Kontrolle mehr hat: »Hi, ich bin Sophie! Wie heißt du denn? Wirklich? Ich habe einen Onkel, der heißt auch Joe. Er züchtet Turteltauben. Nein,

ich meine Rennraupen, nein, entschuldige, ich meine Brieftauben – Tauben und Raupen kann man ja leicht verwechseln, *haha*. Interessierst du dich auch für Tauben? Nein, natürlich nicht. Blöde Frage. Ich sehe ja, dass du nicht der Taubenzüchter-Typ bist. Oh Gott, du musst mich ja echt für völlig bescheuert halten …«

✹ Sie glaubt, dass sie Unsinn geredet hat, und das ist ihr dann so peinlich, dass sie Jupiters Antwort gar nicht mehr abwartet.

Sophie vom Saturn: »Kommst du oft hierher?« (Oh nein, ich kann nicht glauben, dass ich das wirklich gesagt habe!)
Joe vom Jupiter: »Nein. Aber von jetzt an schon.«

Das ist eine nette Antwort. Unglücklicherweise hat Sophie sie gar nicht mehr abgewartet. Völlig panisch ist sie in die Mädchengarderobe geflüchtet, wo sie sich die nächste halbe Stunde versteckt, bevor sie ihre Freundinnen bittet, sie nach Hause zu begleiten, weil sie »sich nicht gut fühlt«.

Tatsache ist: Jupiter ist wahrscheinlich genauso nervös und unsicher wie Saturn. Er wird ganz sicher nicht insgeheim jedes Wort von ihr (und jede Sommersprosse) kritisieren, weil er sich nämlich viel mehr Sorgen darüber macht, was sie von IHM denkt.

Veränderungen in Jupiters Verhalten, auf die Saturn achten sollte

Wenn seine Kumpels in der Nähe sind und ihm zusehen, wie er sich mit Saturn unterhält, dann ist es nicht unwahrscheinlich, dass sie ihn gedrängt haben, zu ihr zu gehen und mit ihr zu reden (»Geh schon! Frag sie! Worauf wartest du denn? Du hast doch keine Angst vor ihr, oder? Geh schon!«). Dies wird natürlich sein Verhalten ihr gegenüber beeinflussen, denn er will keinesfalls vor seinen Freunden sein Gesicht verlieren. Er zieht vielleicht eine Show ab und verbirgt seinen Mangel an Selbstvertrauen, indem er übermäßig laut und selbstbewusst auftritt:

SATURN KANN NICHT ANDERS ALS ZU LÄCHELN, UND IHRE AUGEN GLÄNZEN, WENN JUPITER INS ZIMMER KOMMT ... (ACHTUNG: JUPITER MAG SICH VIELLEICHT VOR SEINEN KUMPELS COOL VERHALTEN, ABER ACHTE AUF DAS KLEINE LÄCHELN, DAS NUR FÜR DICH IST ...)

Jasper vom Jupiter: »Hey, Süße! Du bist bestimmt total scharf darauf, mich kennen zu lernen. Gute Wahl! WAHNSINN! Jeder liebt mich, Baby – möchtest du in meinen Fanclub eintreten?« Oder er steht einfach nur neben ihr und sieht sie gar nicht richtig an, scharrt nervös mit den Füßen und zischt gelegentlich ein »Halt die Klappe!« in Richtung seiner grölenden Kumpels vom Jupiter.

Der Saturn-Ratgeber bezüglich Reaktionen von Jungs

Tatsache ist: Die Art von oben beschriebenem Verhalten führt dazu, dass du dich unwohl fühlst und verlegen bist. Vergiss nicht, dass Jupiter sich in einer Situation befindet, die wahrscheinlich neu für ihn ist, und er dich nicht absichtlich in Verlegenheit bringen will. Er möchte eigentlich, dass du ihn magst, aber er fühlt sich in zwei verschiedene Richtungen gezerrt. Einerseits will er seine Kumpels beeindrucken (und lieber bei ihnen sein), und andererseits möchte er DICH beeindrucken (und mit dir zusammen sein). Es mag eine Weile dauern, bis er mit der Situation klarkommt und herausgefunden hat, dass er keine Show abziehen muss. Seine Kumpels werden ihn immer noch akzeptieren und du wirst ihn auch mögen, wenn er sich ganz normal und freundlich benimmt.

Manchmal wirkt er vielleicht eigenartig schweigsam oder sogar mürrisch. Das muss nicht unbedingt daran liegen, dass er dich nicht mag. Es kann sogar sein, dass es daran liegt, dass er dich SEHR mag. Sein scheinbar unfreundliches Verhalten kommt möglicherweise von einem Gefühl der Unsicherheit, weil er sich in einer Situation befindet, wo er nicht genau weiß, was er tun oder sagen soll. Sobald er das Gefühl hat, dass er die Situation unter Kontrolle hat, wird sein Selbstvertrauen zurückkehren und er wird wieder umgänglicher werden.

Erstes Zusammentreffen mit einem Alien (L.A.)

Was Saturn und Jupiter tun können, um ein Treffen möglichst angenehm zu machen:

1. Entspann dich. Lächle.
2. Saturn sollte aufhören sich Sorgen zu machen, ob ihr Make-up verschmiert ist oder ob der Pickel auf ihrer Nase größer geworden ist (in ihrer Vorstellung gar gigantische Ausmaße angenommen hat). Sie sollte sich vor Augen halten, dass Jupiter selbst nicht in jedem Detail perfekt ist (vielleicht wächst ihm sogar ein Haar aus einem Nasenloch oder seine Zähne sind schief), und sie sollte nicht vergessen, dass die meisten Jungen das perfekte Mädchen vom Saturn ziemlich einschüchternd finden würden (sie würden selbstverständlich annehmen, dass dieses Mädchen sich niemals für SIE interessieren würde).
3. Saturn und Jupiter sollten einander einige einfache und vorsichtige Fragen stellen (kein Kreuzverhör!). Sie sollten den jeweiligen Antworten des anderen auch zuhören und nicht aufgeben, wenn sie beide nach einer langen Pause plötzlich zur gleichen Zeit anfangen zu sprechen (was sehr wahrscheinlich passieren wird – aber das ist eigentlich ziemlich lustig).
4. Sie sollten Interesse für das zeigen, worüber der andere spricht. Wenn sie feststellen, dass sie gemeinsame Interessen haben, ist das toll, aber auch Unterschiede können interessant sein.
5. Wenn Saturn Jupiter mag, kann sie ihn ruhig fragen, ob er mal mit ihr weggehen will. Es ist völlig in Ordnung, dass Saturn das macht, aber sie sollte ihn nicht zu sehr drängen.

Wie man sich verabredet:

»Hast du Lust, dich mit mir in diesem neuen Café zu treffen? Ich hab gehört, es soll echt gut dort sein.«

Wie man sich NICHT verabredet:

»Wir MÜSSEN uns einfach wieder treffen. Du musst unbedingt in dieses tolle Café kommen. Triff mich morgen Mittag dort!«

Richtig ist es, eine einfache Frage zu stellen und dem anderen dabei die Möglichkeit zu lassen »Nein« zu sagen. Falsch ist es, dem anderen zu sagen, was er tun muss, und ihm das Gefühl zu geben, keine andere Wahl zu haben und zu etwas gezwungen zu werden. Es ist in Ordnung, wenn Saturn oder Jupiter ihren L.A. fragt, ob sie sich nicht wieder sehen könnten. Es ist NICHT in Ordnung, dies zu verlangen oder unfair Druck auszuüben. (Selbst ein geringer Druck, der auf den Kopf eines Einwohners des Planeten Zodd ausgeübt wird, veranlasst diesen zu einem entsetzlichen, hohen Kreischen und anschließend fallen ihm alle Haare aus – also tu das bloß nicht!)

❋ Interplanetares Problem: Erste Eindrücke können auch falsch sein

Als Jupiter zum ersten Mal Saturn durch sein Teleskop betrachtete, kam sie ihm vielleicht wie ein kühler und unerreichbarer Planet vor, der anscheinend überhaupt nicht an ihm interessiert ist. Womöglich hat er sogar durch das falsche Ende des Teleskops gesehen und angenommen, dass sie viel cooler und unerreichbarer ist, als es in Wirklichkeit der Fall war. Er sollte nicht vergessen, dass auch er cool und unerreichbar wirken kann, um die Tatsache zu verbergen, dass er nervös und unsicher ist. Saturn könnte das Gleiche tun. Sie senden beide die falschen Signale aus um sich davor zu schützen, blöde dazustehen.

Jordan vom Jupiter bemerkt, dass Sita vom Saturn ihn ständig ansieht. Aber jedes Mal, wenn er ihren Blick erwidert, sieht sie schnell weg. Einmal hat sie sogar die Stirn gerunzelt. Er nimmt nun – irrtümlicherweise – an, dass sie ihn nicht mag.

Die Signale richtig interpretieren

Die Tatsache, dass Sita ihn ständig ansieht, zeigt, dass sie ihn mag, vielleicht sogar in ihn verliebt ist. Wenn sie schnell wieder wegsieht, dann deshalb, weil es ihr peinlich ist, dass Jordan ihre Blicke bemerkt hat. Das leichte Stirnrunzeln hat den gleichen Grund – sie macht sich Sorgen, dass er sie für blöde hält, weil sie ihn ständig ansieht. Sie hat auch Angst, dass er denkt, er gefiele ihr. Die Tatsache, dass er ihr TATSÄCHLICH gefällt, ist nebensächlich. Wenn er weiß, dass er ihr gefällt, macht sie das verletzbar. Was sie wirklich will, ist, dass sie ihm gefällt.

Übrigens: Jupiter mag das Gleiche empfinden, wenn Saturn bemerkt, dass er sie ansieht, und sie daraufhin ihre Freundinnen anstupst, sie ihn alle zusammen anstarren und kichern. Das ist ihm peinlich und er fühlt sich angreifbar. Sie sollte nicht vergessen, dass sie ihn schnell verschrecken kann, wenn sie ihn verlegen macht, und sofern sie ihn mag, sollte sie das vermeiden.

Jupiter sendet möglicherweise missverständliche Signale aus um seine Verletzbarkeit zu verbergen und auch aus Furcht vor Zurückweisung. Er benimmt sich gern super-cool und desinteressiert oder er gibt übertrieben vor seinen Kumpels an. Obwohl es abschreckend sein kann, wenn er ins andere Extrem verfällt und zu viel Interesse zeigt, sollte er nicht vergessen, dass Saturn eine leichte Ermutigung braucht (ein freundliches Lächeln reicht aus).

DAS EIS BRECHEN

Wenn Jordan die Signale richtig interpretiert hat, sollte er den Mut haben Sita anzusprechen, ohne sich Sorgen zu machen, dass sie sich ihm gegenüber ablehnend verhalten wird. Er sollte jedoch NICHT etwas in der Art sagen: »Ich hab gesehen, wie du mich angesehen hast. Gefällt dir, was du siehst?«
Das würde sie in Verlegenheit bringen und ihr unheimlich peinlich sein, besonders, wenn andere Leute in der Nähe sind und das mit anhören.
Stattdessen wird er eher Erfolg haben, wenn er es mit einer vorsichtigeren Annäherung versucht und eine Frage stellt, die sie tatsächlich beantworten kann (im Gegensatz zu einer besonders cleveren auf ihre Kosten): »Hi! Hast du was dagegen, wenn ich dir Gesellschaft leiste? Wie gefällt's dir denn hier?«
Sobald Jupiter und Saturn sich etwas näher gekommen sind, können sie anfangen, das Eis zu schmelzen, und sie werden entdecken, dass sie beide relativ warme Planeten sind (vielleicht

sogar glühend heiße!). Sie könnten sogar anfangen, sich gegenseitig zu erwärmen.

Warnung: Es ruft ein angenehmes Gefühl und ein inneres Glühen hervor, wenn Saturn und Jupiter einander nahe kommen. Sie mögen versucht sein, im Arm des anderen dahinzuschmelzen. Aber wenn das zu schnell geschieht, könnte Saturn herausfinden, dass Jupiter bald wieder frische Luft braucht. Er braucht ziemlich viel Luft und Raum, um sich zu drehen (z.B. auf seinem Skateboard), und er wird ganz sicher nicht glücklich sein, wenn Saturn die ganze Zeit seine Wege kreuzt und ihn ÜBERHAUPT NICHT in Ruhe lässt. Also sollte sie ihm viel Freiheit lassen und ihn auf sich zukommen lassen, wenn er dazu bereit ist.

JUPITER IST EIN GROSSER PLANET.
ER BRAUCHT JEDE MENGE RAUM ...

Frage: Wie können sich die Bahnen von Jupiter und Saturn kreuzen, ohne dass die Funken fliegen?

Antwort: Sie sollten sich zuerst als Freunde sehen, anstatt sich sofort als mögliche Partner in der größten Romanze des Universums zu betrachten.

❋ Interplanetares Problem: Verhalten, das zum Kollisionskurs führt

Joe vom Jupiter und Sophie vom Saturn wurden miteinander durch einen gemeinsamen Freund (und interplanetaren Kuppler) bekannt gemacht und haben entdeckt, dass sie viele Interessen teilen, einschließlich langer Spaziergänge und Erkundungen. Am folgenden Tag gehen sie zusammen spazieren und steigen auf einen Berg, von wo aus sie einen herrlichen Ausblick haben. Sie haben sich die ganze Zeit unterhalten (obwohl sie jetzt leicht außer Atem sind), und die Unterhaltung war sehr angenehm, über alle Arten von Themen, von ihren Familien bis zu ihren Freunden oder ihrem Interesse an der Natur, Tieren,

RIESIGER PLUTONISCHER PFLUGRÜSSLER

DAS SIND FUSSSPUREN EINES RIESIGEN PLUTONISCHEN PFLUGRÜSSLERS – DIE SIND ÄUSSERST SELTEN! – WARTE! – ICH HABE EINS SEINER HÄUFCHEN ENTDECKT.

usw. Joe erklärt Sophie den Ausblick: »Vor uns liegt der interplanetare Park ... und siehst du den Astrodom dort drüben? Ist der nicht wahnsinnig beeindruckend? Heh! Sieh mal hier!« Er geht auf allen vieren und untersucht den Boden. »Ich habe Spuren entdeckt. Ich glaube, sie stammen von einem riesigen Plutonischen Pflugrüssler. Die sind äußerst selten, weißt du. Wir sollten ihnen folgen ...«

Und plötzlich merkt Sophie, die sich bist jetzt sehr wohl gefühlt hat, wie eine riesige Welle von Enttäuschung und Verwirrung sie überkommt. Es ist ein herrlicher Tag, die Vögel zwitschern, die Blumen blühen, und sie sind die beiden einzigen Menschen auf einer Bergspitze, die zusammen einen wundervollen Ausblick genießen. Es ist eine wildromantische Umgebung. Also warum MACHT er nicht etwas Wildromantisches? Warum SAGT er nicht wenigstens etwas Romantisches?

»Was ist denn los?«, fragt Joe. »Du sieht auf einmal so unglücklich aus.«
»Magst du mich nicht?«, erwidert Sophie.
»Was für eine Frage ist das denn? Ich weiß nicht, was du meinst. Es war doch bis jetzt alles bestens.«
»Ach, ist auch egal. Vergiss es! Gehen wir nach Hause.«
»Meinetwegen. Ich denke, mir reicht's auch für heute.«
Eine kleine Wolke zieht vor die Sonne, eine kalte Brise kommt auf und sie laufen in einem verlegenen und etwas traurigen Schweigen nach Hause.

Wie man einen Kollisionskurs vermeidet und sich mit einem Alien anfreundet

Also vor allem: Es ist nichts dagegen zu sagen, »nur gute Freunde« zu sein. »NUR gute Freunde« ist sowieso ein irreführender Ausdruck. Eine Freundschaft mit jemand von einem anderen Planeten zu schließen ist eine wichtige Errungenschaft (für welche du den interplanetaren Brückenbauer-Preis verdienst), und sie wird wahrscheinlich ein wertvoller Teil deines Lebens sein. Wie also baust du deine Brücken der Freundschaft anstatt sie abzubrechen?
Benutze die universelle Sprache der Freundschaft! Diese wird in der ganzen Galaxie verstanden (außer auf dem Planeten Zodd, wo sie einander auf den Füßen herumtrampeln, wenn sie Freunde sein wollen, das heißt, auf den vier Füßen, die sich immer noch auf dem Boden befinden, nachdem die anderen sechs schon in der Luft sind). Hier einige Grundprinzipien der Universellen Sprache der Freundschaft:

- Lächle freundlich, aber nicht verführerisch. (Übe das notfalls vor dem Spiegel.)
- Stell keine schwierigen Fragen. »Magst du mich?« ist eine fordernde und aufdringliche Frage, eine Frage, die andeutet, dass der andere dir nicht das Gefühl vermittelt, dass er dich

mag – weshalb du fragen musst. Du übst Druck aus, damit der andere dir MEHR gibt. Das wichtigste Element in einer Freundschaft ist, dass ihr beide euch relaxed und nicht unter Druck gesetzt fühlen solltet.

✸ Benutze Worte und Ausdrücke wie »Hi!«, »Wie geht's?«, »Schön dich zu sehen!«, »Was läuft?« und »Pass auf dich auf!« All diese Ausdrücke sind freundlich, aber fordern nicht zu viel. Vermeide es, Dinge zu sagen wie: »Ich hab dich furchtbar vermisst!« Dies klingt klammernd (Klebestreifen-Syndrom), als ob dein Leben nicht lebenswert sei, wenn der andere nicht ständig in deiner Nähe ist. Natürlich kannst du, sobald eure Freundschaft sich fest etabliert hat, jede Menge Spaß haben und auch Dinge sagen wie: »Ich hab dich ja SOOO vermisst! Komm her und gib mir einen DICKEN KUSS!«, wohl wissend, dass der andere das nicht allzu ernst nimmt. Aber wenn du das tust, bevor der andere die Gelegenheit hatte, dich kennen zu lernen, könnte er ziemlich verschreckt werden. Er könnte auch das Gefühl haben, dass du dich über ihn lustig machst, anstatt mit ihm zusammen Spaß zu haben.

- Antworte nicht mit einem Grunzen oder einem »Ich weiß nicht«. Versuche zu kommunizieren. Es ist ganz leicht, sobald du erst einmal angefangen hast. Stell Fragen, wenn du dir Sorgen machst.

Eine Freundschaft mit einem Alien sollte sich auf die vier Grundpfeiler gründen, die da heißen: AKZEPTANZ und RESPEKT, TEILEN und ANTEIL NEHMEN. Du akzeptierst, dass er/sie anders

ist als du (seine/ihre Haltung und sein/ihr Aussehen ist anders), du respektierst die Unterschiede zwischen euch, und du versuchst nicht, ihn/sie zu ändern, du teilst deine Interessen und Erfahrungen in einer lockeren und ehrlichen Art, und du nimmst Anteil am anderen aus einer respektvollen Entfernung, ohne seine/ihre Privatsphäre zu verletzen. Wenn er/sie dich braucht (oder umgekehrt), weiß er/sie, dass du für ihn/sie da bist. Für den anderen da zu sein, ist sehr wichtig. Es ist gar nicht nötig oder nicht einmal wünschenswert, sich jeden einzelnen Tag zu sehen oder zu viel zu reden (du riskierst, dass deine Freundschaft runtergezogen wird, wenn die Unterhaltung zu viele schwergewichtige Worte beinhaltet – also bewahre Leichtigkeit), solange du weißt, dass es den anderen ja gibt und er für dich da ist, wenn es darauf ankommt.

Interplanetarer Rat an Saturn

Wende dich nicht jedesmal, wenn du ein Problem hast oder eine Schulter brauchst, um dich auszuweinen, an deinen Freund vom Jupiter. Es ist völlig in Ordnung, das ein oder zweimal zu tun (und Jupiter sollte dies als ein Zeichen dafür sehen, dass du ihm vertraust und ihn als einen guten Freund betrachtest), aber vergiss nicht, dass er anders ist und es schon schwierig genug findet, mit seinen eigenen Gefühlen klarzukommen,

DIE GUTE FREUNDIN VOM SATURN

geschweige denn mit jenen einer weinenden Saturn. Selbst wenn er ein Angehöriger des Neuen Zeitalters ist und sich gern mit seinen Gefühlen beschäftigt, ist er vielleicht nicht so scharf darauf, sich mit deinen zu beschäftigen.

In den Krisenmomenten deines Lebens, wenn du jemanden brauchst, der dir zuhört und dir die Hand hält (besonders, wenn diese Augenblicke durchschnittlich öfter vorkommen als sechs Mal die Woche), könntest du besser beraten sein, wenn du dich an die beste Freundin vom Saturn wendest.

Interplanetarer Rat an Jupiter

✸ Erwarte nicht, dass Saturn alle deine Interessen teilt. Versuche auch einige ihrer Interessen zu teilen.
✸ Versuche Saturn zu vertrauen. Du wirst sie in einer Krise sehr hilfsbereit finden. Wenn du ihr in einer solchen Zeit vertraust, ist dies das größte Kompliment, das du ihr als Freund machen kannst.

Übrigens, Saturn: Wenn du ein praktisches Problem hast, das eine ebensolche Lösung erfordert (z.B. wenn die Kette von deinem Fahrrad gesprungen ist), dann ist der Freund vom Jupiter dein Mann! Er wird fast immer das Gefühl genießen, dir praktisch helfen zu können.

Welchen Einfluss Freunde darauf haben, wie ihr einander seht

✸Interplanetares Problem: Freunde, die zu viel reden

Da ist Saturn mit ihrem Teleskop, die gerade einen Göttlichen Körper vom Jupiter bewundert, der in seinem super-coolen Miniraumschiff (tolle kleine Raumschiffe für einen kurzen Abstecher in die Galaxie) in ihr Blickfeld schwebt, als eine Freundin vom Saturn ihr plötzlich das Teleskop aus der zitternden Hand reißt und hindurchsieht.

EIN GÖTTLICHER KÖRPER NÄHERT SICH IN SEINEM SUPER-COOLEN MINIRAUMSCHIFF

»Oh Gott, was für ein Idiot!«, ruft sie.
»Meinst du den dort im Raumschiff?«
»Ja. Der ist ja furchtbar!«
»Also, ich finde, er ist ziemlich süß.«
»SÜSS? Nein, das ist er bestimmt nicht. Seine Augen stehen zu eng zusammen. Das ist ein Zeichen von Gemeinheit, weißt du? Das habe ich jedenfalls gehört. Siobhan vom Saturn sagte, sie hätte es von Sadie vom Saturn, die es von jemand anders vom Saturn hat, dass er einer Lila Seidenspinne vom Saturn sämtliche Beine ausgerupft hätte (es hat ziemlich lange gedauert, denn sie hatte mehr als dreitausend Beine), und dann ist

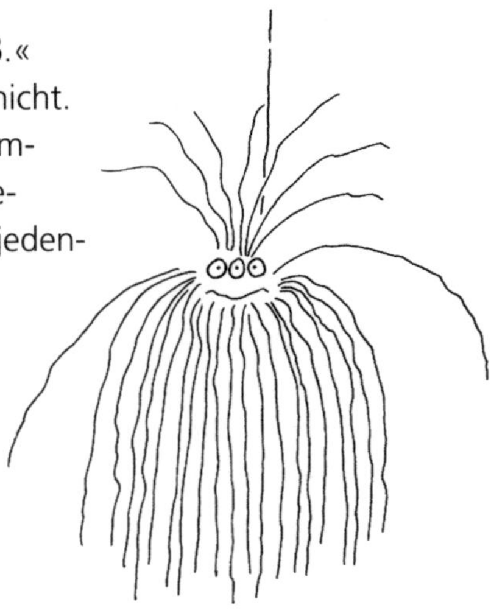

LILA SEIDENSPINNE VOM SATURN

er auf ihr herumgetrampelt. Und das ganze lila Eingeweide kam raus …«

»Oh, IHGITT!«

»Genau. Also solltest du dem Kerl lieber aus dem Weg gehen.«

Ja. Freunde können dich durchaus von etwas abbringen. VÖLLIG davon abbringen.

Aber warte mal einen Moment. Vielleicht hat die Freundin vom Saturn ja vergessen eine Kleinigkeit zu erwähnen. Wie zum Beispiel die Tatsache, dass sie den Göttlichen Körper im Raumschiff echt toll findet und dass sie sich letzten Freitag ziemlich aufgebrezelt und ihn dann gefragt hat, ob sie sich nicht mal treffen könnten. Und er hat NEIN gesagt. Und sonst gar nichts. Also fühlt sie sich verletzt, zurückgewiesen und gedemütigt. Es würde für sie das Fass zum Überlaufen bringen, wenn ihre Freundin vom Saturn und der Göttliche Körper sich anfreunden würden. Deshalb sagt sie alles, was sie nur kann, um sie abzuschrecken.

Interplanetarer Rat:

Saturn und Jupiter sollten nicht vergessen, dass die Ansicht eines Freundes über jemanden, den er oder sie mag, manchmal durch deren eigene Gefühle und Erfahrungen beeinflusst sein kann. Es ist besser, die betreffende Person selbst kennen zu lernen, mit ihr zu reden und sich dann eine Meinung zu bilden. Man sollte sich nicht von der Meinung anderer Leute abschrecken lassen, ganz besonders nicht, wenn sie sich nur auf Hörensagen gründet.

Gleichermaßen sollte Saturn sich nicht allzu sehr von der Kupplerin vom Saturn beeinflussen lassen. Sie wird ihr erzählen, dass sie einen GANZ TOLLEN JUNGEN kennt, der sie wahnsinnig gern kennen lernen möchte. Sie wird versuchen, sie davon zu überzeugen, dass sie und er dazu bestimmt sind, sich ineinander zu verlieben. Wenn Saturn sich davon überzeugen lässt, kann ihr eine unglaubliche Enttäuschung bevorstehen, wenn sich herausstellt, dass er ganz und gar nicht ihr Typ ist. Natürlich muss es nicht so sein, dass Freunde das Bild des Alien zerstören. Sie können dir sogar helfen, deutlicher zu sehen (manchmal, indem sie dir einfach nur eine Sonnenbrille reichen, wenn du zu sehr geblendet wirst).

Wie die beste Freundin vom Saturn helfen kann, dass Saturn das gottähnliche Wesen, auf das sie ein Auge geworfen hat, etwas realistischer betrachtet

Sita vom Saturn: »Sarah! Schau doch! ER ist es! Ist er nicht einfach WAHNSINN? Hat er nicht den TOLLSTEN Körper? Oh mein Gott, er hat mich angesehen! Sarah! Er hat mich *angesehen!!!* Was soll ich nur tun? Wie sehe ich aus? Meine Ohren sind zu groß, stimmt's? Er wird mich nie wieder ansehen. Kein Junge wird mich ansehen, außer, er will sich lustig machen. Oh nein! Er geht weg … Er *hasst* mich! WARUM??! Oh, komm zurück! Bitteeeeeee, komm zurück …«

Interplanetarer Rat an Saturn: Verfalle nicht in Panik! Geh stattdessen geradewegs zur besten Freundin vom Saturn und diese wird Perlen der Weisheit in dein Ohr streuen (das wirklich eine völlig normale Größe hat).

MEIN AUGENSTERN!

Weise Worte von der besten Freundin vom Saturn

»Bleib cool!«

Aufbauende Worte von der besten Freundin vom Saturn

»NATÜRLICH hasst er dich nicht! Er kennt dich ja nicht einmal. Wenn er dich kennen würde, würde er dich bestimmt mögen. Und wenn er dich nicht mögen würde, würde irgendwas mit ihm nicht stimmen und er wäre es sowieso nicht wert, weil du ein wirklich toller Mensch bist. Und deine Ohren sind gar nicht so groß. Außerdem hast du sogar Glück, denn du hast genug Platz für tonnenweise Ohrringe ...«

Warnende Worte von der besten Freundin vom Saturn

Ich habe gehört, dass er sich mit der Schwester von Sally vom Saturn verabredet hat und nie aufgetaucht ist. Und er hat sich nicht einmal entschuldigt. Also stell dich gleich darauf ein, falls er dich *auch* hängen lässt.«

Wenn Saturn alle diese weisen Worte vernimmt, wird sie ruhiger und selbstbewusster werden. Dies ist ein gutes Gefühl, aber es dauert leider meist nicht sehr lange (um genau zu sein, es hält an, bis ER das nächste Mal vorbeigeht ...).

Wer braucht schon Freunde? (Du!)

Schon in der Bibel steht: »Es ist nicht gut, dass der Mensch alleine sei.« Es gibt tatsächlich Zeiten, in denen es von Vorteil sein könnte, nicht allein zu sein. Es ist schließlich viel einfacher einen Alien zu beobachten, wenn du die Unterstützung und Gesellschaft von Freundinnen von deinem eigenen Planeten hast. Es gibt außerdem noch weitere Göttliche Körper zu betrachten (einschließlich den Freund des Freundes des Bruders

FREUNDE KÖNNEN GUT SEIN, UM SICH ZU ENTSPANNEN

vom Jupiter, der dir von der Freundin einer Freundin der Schwester vom Saturn vorgestellt wurde, usw., usw.). Deine Freundinnen geben dir Selbstvertrauen und mit ihnen zusammen kannst du lachen, was dir hilft, dich zu entspannen (ganz anders ist es dagegen, wenn du allein dastehst, unglaublich verunsichert bist und es nicht wagst dich zu bewegen, falls deine Schuhe quietschen und man dich deshalb ansehen könnte). Teil einer Gruppe zu sein gibt sowohl Saturn als auch Jupiter die Gelegenheit, einander kurze Blicke zuzuwerfen und ihre Eindrücke mit jenen ihrer Freundinnen oder Freunde zu vergleichen, bevor sie eine nähere Begegnung in Erwägung ziehen.

✵ Interplanetares Problem: Erster Kontakt

Samantha vom Saturn: »Ämmmh … ich meine, Hallo! Ich hab nur gedacht … ähm … ob du vielleicht Lust hättest, dass wir uns mal nach der Schule treffen oder so.«

Josh vom Jupiter: »Ähm …«

Samantha: »Nicht so wichtig. Echt.«

Josh: »Nein! Ich meine, ja! Ähm, das heißt ... ich denke.«

Samantha: »Ähm … was denn nun?«

Josh: »Ähm … was, was?«

Samantha: »Sag einfach *ja* oder *nein*!«

Josh: »Oh! Ähm …. ja, natürlich. Das wäre toll. Denk ich!«

Samantha: »COOL.«

ERSTER KONTAKT

Die Reaktionen des anderen verstehen und wie man sich beim ersten Kontakt verhält

✸ Jupiter benutzt weniger Worte als Saturn. Wenn er zu ihr sagt: »Ähm ... hm ... ähm ... hi!«, heißt das: »Es ist echt schön, dich zu treffen!« Wenn er zum Nuscheln neigt oder ihr nicht in die Augen schauen will, liegt das nicht daran, dass er nicht mit ihr reden oder sie ansehen will. Wahrscheinlich ist er einfach nervös und sich der Tatsache bewusst, dass seine Kumpels vom Jupiter ihn alle beobachten. Jupiterjargon ist eine Sprache des Understatement und ein großer Teil der Bedeutung kann in ein paar kurze Worte zusammengedrängt sein. »Äh ... ich denke, du bist in Ordnung«, kann bedeuten: »WOW. Du bist toll! Ich liebe dich! Ich kann ohne dich nicht mehr leben!«

✸ Saturnsprache andererseits tendiert dazu, reichhaltig und blumig zu sein, ausufernd und überschwänglich und manchmal völlig übertrieben. Jupiter mag vielleicht verwirrt sein, wenn Saturn zu ihm kommt und anfängt über ihre Schildkröte zu reden und dass sie mal Atomwissenschaftlerin werden will und ob er nicht auch findet, dass es heute wahnsinnig heiß ist, und ob er auch interplanetaren Techno-Jazz mag? Warum um Himmels willen (oder: Bei Jupiter) erzählt sie ihm all das oder stellt ihm all diese Fragen? Sie redet und redet und scheint überhaupt nicht zum Punkt zu kommen.

Was Jupiter nicht vergessen sollte: Die Tatsache, dass sie *überhaupt* mit ihm spricht, ist das, was zählt. Die Bedeutung hinter all den anscheinend zusammenhanglosen Worten ist wahrscheinlich: »Ich mag dich.« Alles, was er tun muss, ist ihr zuzuhören.

- Saturn sollte es vermeiden, länger als eine halbe Stunde zu reden ohne Luft zu holen. Wenn du dem anderen keine Chance gibst auch etwas zu sagen, verliert fast jeder irgendwann das Interesse.
- Saturn liebt Augenkontakt. Wenn Jupiter sie ansieht, während sie spricht oder während er spricht, zeigt es, dass er sich für sie interessiert. Er sollte jedoch vermeiden sich im Zimmer umzusehen und Signale an andere vorbeikommende Saturns auszusenden, während er mit IHR spricht. Dies wäre nämlich äußerst unfair und würde sie wahrscheinlich nervös machen, vielleicht sogar wütend.
- Jupiter sollte sich bewusst sein, dass er den Augenkontakt auch übertreiben kann. Nur weil er mit den Kumpels vom Jupiter zusammen ist, sollte er nicht das Gefühl haben, dass es in Ordnung ist, jemand vom Saturn anzustarren und absichtlich in Verlegenheit zu bringen.

»DU BIST DER STRAHLENDSTE STERN, DER IN MEINEM UNIVERSUM SCHEINT! WENN ICH DICH MIT EINEM SCHULFREIEN TAG VERGLICHE – DU WÄREST MIR NOCH LIEBER ...«

ERWARTE NICHT, JUPITER SO REDEN ZU HÖREN ...

»ÄHM ... ICH DENKE ... ÄHM ... DU BIST OKAY!«

ER NEIGT DAZU, MEHR MIT WENIGER WORTEN AUSZUDRÜCKEN.

✹ Sowohl Saturn als auch Jupiter sollten in Erinnerung behalten, dass ein freundliches Lächeln der beste Weg ist, um das Eis zu schmelzen.

BOTSCHAFTER VOM JUPITER

VORSICHT VOR FALSCHEN BOTSCHAFTERN

3.
DAS DATE

Nervosität vor dem Date – Wie man damit klarkommt

Wenn man sich darauf vorbereitet, zum ersten Mal mit jemand wegzugehen, den man mag, ist das ziemlich aufregend und nervenaufreibend. Wird dem anderen dein Outfit gefallen? Wirst du das Richtige sagen, damit er dich mag? Wird er überhaupt auftauchen? Wenn du ein einziges Häufchen von Unsicherheiten bist, was sollst du tun?

Saturn wird sich normalerweise an die beste Freundin vom Saturn wenden, um von ihr Hilfe und Ratschläge zu bekommen (oder einfach nur jemanden zum Zuhören zu haben, während sie über IHN spricht und ihre Gefühle ausdrückt – dies hilft, um die nervöse Spannung in ihr abzubauen). Saturn TEILT die ganze Erfahrung vom Anfang bis zum Ende.

Jupiter tut so, als ob es ihm BESTENS ginge. Er mag vielleicht vor seinen Kumpels vom Jupiter ein wenig angeben mit dem bevorstehenden Date, aber er hat NICHT das Bedürfnis, seine Unsicherheiten mitzuteilen. Er möchte, dass die Welt (und das ganze Universum, besonders Saturn) denkt, er sei cool, selbstbewusst und hätte alles unter Kontrolle.

Weil ihm meist die Unterstützung eines verständnisvollen Freundes fehlt, der ihn aufbaut, ist es nicht auszuschließen, dass er plötzlich im letzten Moment kalte Füße bekommt und sich vor der ganzen Sache drückt. Dies ist Saturn gegenüber höchst unfair (nachdem sie die letzten vier Tage damit ver-

SATURN BEKOMMT JEDE MENGE HILFE UND RATSCHLÄGE VON IHRER BESTEN FREUNDIN, WÄHREND SIE SICH AUF EIN DATE VORBEREITET.

bracht hat, sich auf dieses Date vorzubereiten), aber sie sollte versuchen zu verstehen, dass Jupiter gefühlsmäßig ganz auf sich gestellt ist (es mag eine selbst gewählte Einsamkeit sein, aber sie ist Teil von dem, was ihn anders macht). Er bringt vielleicht eine absolut bescheuerte Entschuldigung vor, warum er dich nicht treffen kann, aber wenn du dich ein andermal mit ihm verabreden möchtest, ist es besser, seine Entschuldigung anzunehmen und ihn vorsichtig dazu zu ermutigen, es noch einmal zu versuchen. Wenn du sauer bist, wird er sich in sein Schneckenhaus zurückziehen und damit ist die Sache dann ERLEDIGT: die größte Liebe im Universum, die es niemals gab.

Wenn Jupiter oder Saturn einen Rückzieher macht

Die kosmische Szene

Jordan vom Jupiter: »Ähm … hör mal … ähm, tut mir wirklich Leid, aber … ähm, ich muss heute Nachmittag den Rasen mähen. Das hatte ich vergessen. Also kann ich dich nicht treffen.«
Sita vom Saturn: »Aber das wird doch nicht *so* lange dauern! Wie viel Rasen habt ihr denn? Einen riesigen Park oder was?«
(Seine Entschuldigung zu widerlegen und sich über ihn lustig zu machen wird dir nicht gerade weiterhelfen und du solltest diesem Wunsch widerstehen, egal wie sauer du bist.)
Jordan: »Hör mal, ich kann einfach nicht, okay?«
Sita: »Nein, das ist NICHT okay! Ich habe gerade vier Stunden – um genau zu sein, Tage! – damit verbracht, um mir ein Outfit zu besorgen und alles, und dann lässt du mich in der letzten Minute sitzen. So GEHT'S EINFACH NICHT!«
Sie knallt den Telefonhörer auf die Gabel und marschiert hoch erhobenen Hauptes davon (dann wünscht sie sich sofort, sie hätte es nicht getan, denn es ist schwierig, jemandem wieder zu begegnen, nachdem man mit ihm die Geduld verloren hat – und eigentlich mag sie ihn immer noch).

Richtige Reaktion, wenn Jupiter einen Rückzieher macht

Jordan vom Jupiter: »Ähm … hör mal … ähm, es tut mir echt Leid, aber … ähm, ich bin gerade gefragt worden, ob ich nicht heute Nachmittag ins tiefste Strudelloch auf Pluto steigen will, und das ist eine einmalige Gelegenheit im Leben, weil dieses Strudelloch sich nur ein einziges Mal innerhalb eines Lila Plutonischen Mondes öffnet, und man fragt mich bestimmt nicht noch einmal und ich, ähm … ich, ähm …«

GERADEWEGS IN EIN PLUTONISCHES STRUDELLOCH

Sita vom Saturn: »Hör mal, das ist schon in Ordnung. Kein Problem. Steig du nur in dein Strudelloch« – sie sollte dem Drang widerstehen zu sagen: »Und ich hoffe, du kommst nie wieder raus« – »und amüsier dich gut. Wir sehen uns dann halt ein andermal, okay?«
Dies ist verständnisvoll und ermutigend und lässt ihn vom Haken. Er wird merken, dass du ein lockeres und freundliches Wesen bist und dadurch ist es wahrscheinlicher, dass er dich bei anderer Gelegenheit noch einmal um ein Date bitten wird.

Falsche Reaktion, wenn Saturn einen Rückzieher macht

Die kosmische Szene

Jezir vom Jupiter: »Wir sehen uns dann heute Abend!«
Sally vom Saturn: »Nein, das glaube ich nicht. Es tut mir wirklich Leid, aber meine Mutter lässt mich nicht weg. Sie findet, dass ich müde aussehe.«
Jezir: »Oh. Na ja, wie wär's dann morgen? Oder an irgendeinem anderen Abend?«
Sally: »Tut mir Leid, ich denke, ich werde immer noch müde sein.«

Jezir: »Für mich siehst du nicht müde aus.«
Sally: »Tja, das bin ich aber. Und meine Mutter hat es bemerkt. Sie macht sich zumindest Sorgen um mich.«
Jezir: »Ach, und ich nicht? Mach doch, was du willst! Dann eben bis irgendwann.«
Jezir hat gespürt, dass Sally nicht gerade versessen darauf ist, mit ihm wegzugehen, und faule Ausreden vorbringt. Er verbirgt seine Angst vor Zurückweisung, indem er so tut, als sei ihm das egal, fast bis zum Punkt der groben Unhöflichkeit. Leider wird das Sally nur noch mehr verschrecken.

Richtige Reaktion, wenn Saturn einen Rückzieher macht

Sally: »Tut mir Leid, Jezir. Ich bin echt müde, also geh ich heute bald schlafen.«
Jezir: »Hör mal, das ist schon in Ordnung. Mach dir keine Gedanken. Ruh dich aus. Vielleicht können wir uns mal sehen, wenn es dir wieder besser geht?«
Diesmal vermeidet Jezir es, Sally Fragen zu stellen und sie unter Druck zu setzen, was wahrscheinlich nur eine trotzige Reaktion bei Saturn hervorrufen würde. Er zeigt Mitgefühl für ihre Gefühle und die Tatsache, dass sie müde ist, ermutigt sie aber auch, sich wieder bei ihm zu melden, wenn sie es möchte.

❋ Interplanetare Warnung:

Sag der anderen Person immer Bescheid, wenn du nicht auftauchen wirst. Jemanden einfach zu versetzen ist sehr unfreundlich. (Stell dir vor, wie *du* dich fühlen würdest.)
Nehmen wir nun mal an, dass keiner von beiden vorhat, einen Rückzieher zu machen und das Date also stattfinden wird. Wie sollen sich Jupiter und Saturn auf das große Ereignis vorbereiten?

❋Interplanetares Problem: Was soll man sagen?

Dies mag ein größeres Problem für Jupiter sein. In Saturns Fall ist es wahrscheinlich eher die Frage, was sie NICHT sagen soll oder wie sie sich selbst davon abhalten soll, wie eine Blöde loszuplappern (aufgrund der Nerven). Natürlich besteht auch die Möglichkeit, dass sie genauso herumdruckst wie Jupiter, in diesem Fall könnte sich eine unangenehme Stille ausbreiten.

DIE UNANGENEHME STILLE

DIES WIRD GEWÖHNLICH UNTERSTRICHEN DURCH EIN RÄUSPERN UND SEHR LAUTES MAGENKNURREN ...

Rat an Jupiter und Saturn

Möglicherweise ist es sogar die Furcht vor dieser unangenehmen Stille, die dir kalte Füße beschert und dich die ganze Sache absagen lässt. Wenn du dir besonders Sorgen machst, dass du die Sprache verlierst, sobald du auch nur in der Gesellschaft dieser Person vom anderen Planeten bist, dann ist es vielleicht besser, du nimmst eine Freundin/einen Freund mit oder ihr trefft euch gleich als zwei Pärchen oder innerhalb einer ganzen Clique. Ansonsten:

Wie das interplanetare Eis zu brechen ist

1. Mach einen blöden Witz. Es ist egal, wie blöde. Er wird euch beiden eine Entschuldigung geben zu lachen, was die unangenehme Stille unterbrechen wird. (Wenn er/sie nicht lacht, son-

dern dich nur anstarrt, als ob du verrückt wärst, ist er/sie die ganze Sache dann wert?)

2. Leg Musik auf. LAUT!

3. Gib zu, dass dir gerade nichts einfällt. Zeig, dass du auch nur ein Mensch bist, bevor du verzweifelt versuchst den anderen zu beeindrucken. Zuzugeben, Fehler zu haben macht sowohl Saturn als auch Jupiter sympathischer. Dadurch wird es auch leichter, sich dem anderen zu nähern, obwohl es für Saturn vielleicht einfacher sein wird eigene Fehler einzugestehen als für Jupiter.

LACHEN HILFT (SOLANGE ES NICHT ALLZU GEZWUNGEN IST)

4. Saturn sollte *keine* Dinge sagen wie: »Du bist wirklich schüchtern, stimmt's?« Jupiter wird das als Kritik auffassen, nicht als Zeichen, dass sie ihn mag (was eigentlich die korrekte Interpretation wäre).

Ein abschließender interplanetarer Rat

Sowohl Saturn als auch Jupiter sollten der Versuchung widerstehen, vorher zu üben, was sie sagen wollen. Wenn du das tust, wird es unvermeidlich gestelzt und unnatürlich klingen (eher wie: »Ich … bin … ein … ALIEN …), und das kommt dann vielleicht sogar noch in der falschen Reihenfolge heraus:

Jordan vom Jupiter: »Es ist wirklich schön, dich zu essen, Sita. Hast du Lust mit mir was sehen zu gehen?«

Interplanetares Problem: Wohin gehen?

Was man beachten sollte, wenn man überlegt, wohin man geht

✹ Finde so viel wie möglich über die Interessen des anderen heraus. Geh sicher, dass das, was du unternehmen willst, oder der geplante Ort ihre/seine Zustimmung finden wird. (Wenn Saturn zum Beispiel Angst vor Spinnen hat, ist es bestimmt keine gute Idee, wenn Jupiter mit ihr in den Film »Rache der Killerspinnen« geht, egal wie gern er ihn sehen möchte.)

✹ Selbst wenn Saturn ihn am liebsten ihren Freundinnen oder ihrer Familie vorstellen möchte, ist es für Jupiter eine erschreckende Aussicht, Mr. und Mrs. Saturn vorgestellt zu werden oder sich beim ersten Date mitten in einer Horde von kichernden und flüsternden Schwestern vom Saturn zu befinden. Es ist besser, einen neutralen Ort zu wählen, weit weg von der Heimatwelt sowohl des Saturn als auch des Jupiter, wo man sich entspannt unterhalten kann.

Letzte Überlegungen vor dem interplanetaren Date

✹ Sowohl Saturn als auch Jupiter sollten sich hinsichtlich ihrer Erwartungen bremsen und diese nicht in Lichtgeschwindigkeit abdriften lassen zu jeglicher Art von glückseligen und wunderbaren (oder auch katastrophalen) Situationen, die nie eintreten werden.

Wenn du ein übermäßig rosarotes Bild malst, kann es sein, dass die Wirklichkeit dich am Ende enttäuscht. Und wenn du nur an all das denkst, was schief gehen könnte, wirst du ein dumm daherplapperndes, nervöses Wrack sein, wenn der große Tag schließlich gekommen ist.

✹ Jupiter sollte darauf achten, dass er rechtzeitig zum Date kommt. Wenn er zu spät kommt, wird Saturn sich Sorgen machen, ob er überhaupt auftaucht, und sie wird noch nervöser sein, als sie sowieso schon ist. Wenn er zu früh kommt (was eher unwahrscheinlich ist), wird sie mitten in ihren letzten Vorbereitungen sein und in ihrer Eile womöglich Wimperntusche über ihr ganzes Gesicht verschmieren. Auch dann wird sie nicht so entspannt sein wie mit der ausreichenden Zeit zur Vorbereitung.

✹ Relaxe! Hol tief Luft! Vergiss nicht, auch wieder auszuatmen. Der große Moment ist gekommen … Jupiters Bahn kreuzt die von Saturn und das Schicksal führt sie zu einem Date zusammen …

GENIESSE ES!

Das große interplanetare Date

Jezir vom Jupiter und Sally vom Saturn gehen zusammen ins Kino.

Wie haben sie sich kennen gelernt? Jezir vom Jupiter hat Sally vom Saturn durch den Freund einer Freundin der Schwester von Joe vom Jupiter kennen gelernt, der mit Sophie vom Saturn geht, welche wiederum Sallys beste Freundin ist. (Alles klar?)

In welchen Film gehen sie? Sie sehen sich »Liebe auf einem kalten Planeten« an.

Was passiert? Sie sitzen in der hintersten Reihe, weil sie gehört haben, dass alle möglichen aufregenden Dinge passieren, wenn man in der letzten Reihe im Kino sitzt. (Nicht, dass einer von ihnen das *erwähnt* – sie setzen sich einfach dorthin, ohne sehr viel zu sagen.)

SALLY UND JEZIR SITZEN NEBENEINANDER IN DER LETZTEN REIHE IM KINO.

Was passiert dann? Sie sitzen nebeneinander und sind sich der Gegenwart des anderen heftig bewusst, aber sie sehen sich nicht an und sagen auch nichts. Es droht eine unangenehme Stille, da hat Jezir eine plötzliche Eingabe und sagt: »Möchtest du vielleicht Popcorn?« Sally antwortet: »Nein,

ER VERSUCHT IHRE HAND ZU HALTEN, ABER DER FILM IST SEHR TRAURIG, UND SIE IST ZU SEHR DAMIT BESCHÄFTIGT, SICH DIE NASE ZU SCHNÄUZEN.

danke. Ich mag kein Popcorn.« Dann beginnen die Werbefilme. Sie seufzen beide insgeheim erleichtert auf und schauen sich die Werbung für ein örtliches indisches Restaurant an, als ob es das Faszinierendste sei, was sie jemals gesehen haben.

Der Film beginnt. »Liebe auf einem kalten Planeten« handelt von zwei unter einem unglücklichen Stern stehenden Liebenden, und er ist sehr traurig und bewegend und hat ein tragisches Ende. Sally stellt sich vor, dass sie selbst und Jezir die zwei Liebenden sind, und weint fast den ganzen Film hindurch.

Jezir macht ein oder zwei Versuche ihre Hand zu halten, aber jedes Mal muss er feststellen, dass sie damit beschäftigt ist, in ihrer Tasche nach einem neuen Taschentuch zu wühlen, um ihre Nase zu putzen. Also gibt er auf.

Der Film ist zu Ende. Sie gehen. Sallys Augen sind rot vom Weinen, ihre Nase ist rot von all dem Schnäuzen und sie sieht völlig fertig aus. Jezir ist deshalb beunruhigt. »Alles in Ordnung mit dir?«, fragt er. »Hat dir der Film nicht gefallen?«

»Oh doch!«, ruft Sally. »Er war einfach TOLL! Ich war hin und weg. Ich habe seit Jahren nicht mehr so viel geweint!«

»Ich fand ihn nicht so toll«, sagt Jezir und ist leicht irritiert. So weit es ihn betrifft, wird die letzte Reihe im Kino überschätzt. Sally ist enttäuscht über seine unromantische Einstellung.

Auf dem Heimweg gehen sie bei MacDoodahs vorbei um etwas zu essen.
»Möchtest du vielleicht einen Jumboburger vom Jupiter«, fragt Jezir, »oder ein Supersaftiges Sandwich vom Saturn?«
»Ich habe keinen Hunger. Aber ich trinke eine Cola.«
Anstatt etwas zu essen fängt sie an über die Probleme zu reden, die sie zu Hause hat. (Sie kommt mit ihrem Stiefvater nicht klar, ihre Mutter arbeitet ununterbrochen und hat nie Zeit ihr zuzuhören, und der Hund hat ein echtes Problem mit seiner Verdauung und furzt ständig, was die Atmosphäre zu Hause noch verschlimmert, und ...)
»Du hörst mir ja gar nicht zu!«, ruft sie. »Du liest die Speisekarte!«
»Ähm, tut mir Leid!«, entschuldigt Jezir sich. »Was hast du gesagt?«
»Ist nicht so wichtig.«

Achtung: Wenn Saturn sagt: »Ist nicht so wichtig«, meint sie eigentlich: »Ist ZIEMLICH wichtig.«

Sie verlassen MacDoodahs und verabschieden sich voneinander. Es REICHT ihnen beiden (und ich meine damit nicht den riesigen Jumboburger vom Jupiter).

Tipps, wie dein Date auch wirklich gut läuft

1. Wenn du die berühmte unangenehme Stille fürchtest, ist es eine ganz gute Idee, ins Kino, in ein Konzert oder in die Disco zu gehen. Schließlich versprechen Film, Musik oder Tanzen eine Ablenkung und der Lärm verdeckt jegliche unangenehmen Lücken in der Konversation. Um genau zu sein, eine Unterhaltung dürfte ziemlich UNMÖGLICH sein, was in diesem Fall eine absolute Erleichterung ist.
2. Wenn du andererseits eine nette Unterhaltung bevorzugst, dann geht im Park spazieren oder – wenn es regnet – ins Museum. (Im Regen spazieren zu gehen kann romantisch sein, allerdings ist ein leichtes Nieseln einem Wolkenbruch definitiv vorzuziehen.) Wenn du eine SEHR ruhige Unterhaltung suchst, geht in die Bücherei.
3. Macht einen Schaufensterbummel, wenn euch danach ist, aber Saturn sollte nicht von Jupiter verlangen, dass er endlos in Boutiquen (oder davor) wartet, während sie Stunden in der Umkleidekabine verbringt und Unmengen von Kleidungsstücken anprobiert. Sie sollte vermeiden ihm Fragen zu stellen wie: »Sieht mein Hintern darin zu groß aus?« (Was erwartet sie von ihm als Antwort?) Das Kaufen von Klamotten wird besser in der Gesellschaft der besten Freundin vom Saturn erledigt.
4. Wenn Jupiter lieber nicht möchte, dass Saturn die ganze Zeit heult, dann sollte er nicht unbedingt mit ihr in einen sentimentalen Film gehen. Wie wäre es stattdessen mit einer Komödie (wie z.B. »Schwankhafte Schwänke vom Planeten Zodd«)?

Lachen vereint Jupiter und Saturn, wohingegen Jupiter unangenehm berührt wird, wenn Saturn weint. Denn Weinen ist etwas, das man ihm seit frühester Kindheit abgewöhnt hat.
5. Saturn sollte nicht von Jupiter erwarten, dass er sich voll auf das konzentriert, was sie gerade sagt, während er seinen Jumboburger verdrückt. Wenn seine Aufmerksamkeit abschweift, sollte sie nicht gleich beleidigt sein, besonders, wenn sie über Probleme und Traumata ihres eigenen Lebens redet. Es ist empfehlenswert die Unterhaltung bei einem ersten Date locker und leicht verdaulich zu gestalten. Es ist außerdem ein netter Zug ebenfalls etwas zu essen, anstatt es abzulehnen auch nur eine Kleinigkeit zu sich zu nehmen, dazusitzen und

SIE BLICKEN EINANDER IN DIE AUGEN. WORTE SIND UNNÖTIG ...

jemandem beim Essen zuzusehen. (Bestell dir einen leichten Saturn-Salat, wenn du gesund essen willst.)

... ABER SATURN FALLEN NORMALERWEISE TROTZDEM EIN PAAR EIN.

6. Zu guter Letzt sollten Jupiter und Saturn sich durch Körpersprache (Lächeln und Augenkontakt) zeigen, dass sie einander mögen und sich wohl fühlen. Wenn sie auf ihre Füße starren oder auf den nächsten Laternenmast, wird der andere annehmen, dass er/sie kein Interesse hat. Wenn Saturn beim Abschied zögerlich erscheint, darf Jupiter daraus schließen, dass sie auf die Frage wartet, ob sie sich wiedersehen können. – Also frag ruhig, auch wenn sie ein wenig cool und distanziert scheint. Das Eis beginnt gerade zu schmelzen …

Das nicht so tolle große interplanetare Date:

Blöd gelaufen

Jordan vom Jupiter hat sich mit Sita vom Saturn verabredet.

Der falsche Ort: Jordan geht mit Sita in sein Lieblingscafé, wo er normalerweise mit seinen Kumpels vom Jupiter rumhängt. Wie gewöhnlich sind sie alle da. Abgesehen davon, dass sie rufen: »Oh, schaut mal, da ist Jordy mit seiner FREUNDIN!«, und ein paar pfeifen und grölen, wobei Sita sich höchst unwohl fühlt (sie ist noch nicht sicher, ob sie wirklich Jordans Freundin ist), fangen sie alle sofort an miteinander zu reden und Sita kann nur dabei sitzen und in ihre Cola starren, weil sie von allen ignoriert wird.

Die falschen Worte: Wenn sie das Café verlassen, sagt Jordan zu Sita: »Meine Kumpels sind doch einfach cool, oder? Hast du dich gut unterhalten?« Sita antwortet: »Nein.« (Es scheint, als hätte sie auf beide Fragen mit »Nein« geantwortet.)
Das falsche Verhalten: Sich in einem beleidigten Schweigen zu trennen.
Was man tun kann, wenn etwas schief läuft: Wenn Saturn und Jupiter einander eigentlich mögen, aber das Date eine Katastrophe war, müssen sie nicht gleich annehmen, dass sie alles völlig »versaut« haben. VERZWEIFLE NICHT!

Hilfreiche Tipps bei problematischen Dates

1. Lerne aus deinen Fehlern. Für das Mädchen vom Saturn wird das im Allgemeinen einfacher sein als für den Jungen vom Jupiter, der nicht so leicht zugibt (außer sich selbst gegenüber), dass er irgendwelche Fehler gemacht hat. Also dürfte Saturn diejenige sein, welche die Sache für beide in Ordnung bringen

muss. Das ist nicht so schwierig, wie es klingt – sie sollte ihn einfach vorsichtig in die richtige Richtung lenken.
2. Wenn Jupiter Saturn fragt, ob sie seine Kumpels vom Jupiter mag und ob sie sich gut amüsiert habe, sollte sie die Zähne zusammenbeißen (nicht zu auffällig) und »Ja« sagen. Weshalb ihn beunruhigen? Er hat sie in sein Lieblingscafé mitgenommen und sie seinen Freunden vorgestellt. Das war als Kompliment gedacht, denn er hat sie in einen Teil seines Lebens – einen wichtigen Teil! – mit einbezogen.
3. Sie sollte lächeln und vorschlagen, dass sie das nächste Mal zu einem netten Ort gehen, den SIE kennt. (Aber sie sollte ihn nicht dorthin mitnehmen, wo es dann damit endet, dass sie kichernd und tratschend mit ihren Freundinnen zusammensitzt und ER sich wie das fünfte Rad am Wagen vorkommt.) Jupiter und Saturn wählen am besten einen neutralen Ort, wo sie sich unterhalten (oder zumindest den Ausblick bewundern) können.

Was man beim ersten Date nicht sagen sollte

- »Hierher geh ich mit all meinen Freundinnen.«
- »Das ist das erste Mal, dass ich mit jemandem weggehe, der kleiner ist als ich.« (Dies mag eine einfache Feststellung sein, aber Jupiter wird es als Kritik auffassen.)

- »Ich hab dich kürzlich mit deiner Mutter beim Einkaufen gesehen.« (Daran will Jupiter ganz bestimmt nicht erinnert werden – er will sich cool und selbstsicher fühlen, und mit seiner Mutter einkaufen zu gehen, fällt definitiv in die Kategorie »uncool«.

- »Ich langweile mich.«
- »Ich finde deine Freundin Sarah wirklich toll. Kannst du mich ihr mal vorstellen?«
- »Mein ganzes Leben ist eine Katastrophe. Mein Gott, ich bin ja so deprimiert. Mir passiert NIE irgendwas Gutes. Kann ich mich bei dir ausheulen?«

4.
SICH VERLIEBEN

Wie man klarkommt, wenn man sich in einen Alien verliebt hat

Was passiert: Susie vom Saturn verliebt sich in James vom Jupiter. Ihre Blicke treffen sich in einem überfüllten Klassenzimmer. (Sie haben sich natürlich vorher schon gesehen, aber PLÖTZLICH sehen sie einander MIT ANDEREN AUGEN, als Göttliche Wesen, zu welchen sie mit einem Mal eine übernatürliche Anziehung verspüren.) Romantische Musik steigt aus dem Nirgendwo auf und himmlische Klänge sind zu vernehmen, aber mit ein oder zwei Dissonanzen …

IHRE BLICKE TREFFEN SICH IN EINEM ÜBERFÜLLTEN KLASSENZIMMER …

Die wahrscheinlichen Auswirkungen des sich Verliebens auf Saturn und Jupiter

1. Sie kann ihren Blick nicht mehr von ihm wenden. Er kann seinen Blick nicht mehr von ihr wenden.
2. Sie wollen die ganze Zeit zusammen sein.
3. Sie wollen die ungeteilte Aufmerksamkeit des anderen.
4. Sie finden es schwer, sich zu konzentrieren, und befinden sich ständig in einer Art von Tagtraum, was bei den interplanetaren Eltern eine Mischung von Amüsement und Verärgerung hervorruft.
5. Sie werden launisch und können nicht einschlafen.
6. Saturn verbringt noch mehr Zeit am Telefon als üblich.
7. Jupiter wird noch weniger gesprächig als normalerweise und schafft nur ein eigenartiges Grunzen als Antwort auf die elterlichen Fragen (»Alles in Ordnung mit dir?«).

Sie fühlen sich durch die gegenseitige Aufmerksamkeit geschmeichelt, aber sie könnten auch das Gefühl bekommen zu ersticken, wenn sie spüren, dass der andere nicht bereit ist, sie auch nur für eine einzige Minute allein zu lassen (Klebestreifen-Syndrom).

Interplanetarer Rat

1. Jupiter und Saturn sollten nicht versuchen, die Dinge zu beschleunigen. Es ist immer gut, einander genug Raum zu lassen.
2. Wenn Saturn sich von Jupiter zurückzieht, könnte er denken, dass sie ihn absichtlich ignoriert und nichts mehr von ihm wissen will – dabei versucht sie einfach mit ihrer Arbeit für die Schule nachzukommen. Es ist sowohl für Jupiter als auch für Saturn nervend, über jeden einzelnen Schritt, den sie tun, Rechenschaft ablegen zu müssen.
3. Es ist sinnvoller, wenn Saturn sich an die beste Freundin vom Saturn wendet um Bestätigung zu erhalten, als wenn sie Jupiter selbst mit all ihren Unsicherheiten überhäuft. (Während er

sich wahrscheinlich freut, sie in der Schulcafeteria auf eine Cola und ein paar Worte zu treffen, wird er es sicher nicht begrüßen, die ganze erste Pause mit ihr im Korridor festzuhängen, während sie sich ohne Ende über die Hoffnungslosigkeit der Welt auslässt, besonders über ihre Liebe zu ihm ...)
4. Sie sollte sich davor hüten, in einem Augenblick, in dem sie wütend ist, böse Briefe loszuschicken (sie hat gesehen, wie er sich mit jemand anders vom Saturn unterhalten hat, und sie ist eifersüchtig). Ihre tiefsten Gefühle in einem Brief an Jupiter darzulegen macht sie nur noch verletzbarer. (Was, wenn es sich herausstellt, dass er ein Idiot ist und er ihren Brief seinen Kumpels vom Jupiter zeigt? Wie soll sie das überstehen?) Sie sollte sich fragen, ob sie ihm all die Dinge, die sie schreiben will, auch ins Gesicht sagen würde.
5. Anstatt Briefe zu schreiben, könnten Jupiter und Saturn alles in einem Tagebuch aufschreiben. Das wirkt normalerweise wie eine Therapie.
6. Sie sollten aufhören herausfinden zu wollen, warum Liebe so verwirrend ist, und einfach akzeptieren, *dass* es so ist. Man sollte hinnehmen, was man nicht ändern kann, und sich gegenseitig mit RESPEKT behandeln. Saturn muss vielleicht die Tatsache akzeptieren, dass Jupiter nicht der beste Zuhörer im Universum ist; er braucht viel Freiheit und Action. Aber Jupiter sollte umgekehrt auch akzeptieren, dass Saturn manchmal reden muss. Er sollte es vermeiden, Dinge zu sagen wie: »Oh Mann, du kannst einen vielleicht *volllabern*!« Er hat genauso

VERMEIDE TOTALE KONFRONTATION

wenig das Recht, sie für ihr Rede-Bedürfnis zu kritisieren, wie sie das Recht hat, ihn deshalb zu kritisieren, weil er jetzt gerade losziehen und Fußball spielen oder Fahrrad fahren will. Saturn und Jupiter sind beide eigenständige Menschen und der schnellste Weg eine Beziehung zu ruinieren, ist der Versuch, den anderen verändern zu wollen.

Überlebensstrategien, wenn Jupiter mit Saturn kollidiert und Welten zusammenbrechen

1. Jupiter und Saturn sollten hitzköpfige Kreuzverhöre vermeiden. (Anstatt zu fragen: »Liebst du mich?«, sollten sie einfach nur sagen: »Ich mag dich wirklich«, und es dem anderen überlassen, wie und wann er darauf reagieren will.)
2. Sie können ihre Beziehung verbessern, indem sie einander zeigen, dass man mit ihnen gut auskommen und Spaß haben kann.
3. Sie sollten viel lächeln und lachen. (Wenn Saturn nach Weinen zumute ist, ist es ratsam, sich mit der besten Freundin vom Saturn zu treffen.)
4. Jupiter und Saturn sollten lernen sich friedlich umeinander zu drehen und sanfte Wellen von interplanetarer Harmonie zu erzeugen, die sich über das ganze Universum ausbreiten werden …
5. Vergesst nie die Schlüsselworte AKZEPTANZ und RESPEKT.

Welten in Harmonie (Oder was passiert, wenn Saturn und Jupiter eine interplanetare Einheit geworden sind)

Die stürmische Ouvertüre der ersten Liebe (gespielt von den vereinten Orchestern von Saturn und Jupiter) hat jetzt ein ruhigeres und sanfteres Tempo gefunden, mit gelegentlichen leidenschaftlichen und dramatischen Passagen, gefolgt von süßen und traurigen kleinen Melodien, die (meist) von der Solistin vom Saturn gespielt werden. Dann können die Himmlischen Klänge wieder gehört werden, obwohl manche der kosmischen Musiker vielleicht der Meinung sind, dass sie ihre Instrumente neu stimmen müssen, weil deren Ausdruckskraft etwas abgeflacht ist.

Wenn du dich fragst, was das alles bedeuten soll, lass es mich auf eine andere Weise ausdrücken: Sophie vom Saturn ist mit Joe vom Jupiter zusammen, Susie vom Saturn geht fest mit James vom Jupiter, Jordan vom Jupiter mit Sita vom Saturn, Josh mit Samantha, und Jezir ist nun schon seit über drei Monaten mit Sally ein Paar! Sie befinden sich alle in festen Beziehungen und müssen mit den Problemen klarkommen, die in einer solchen Beziehung irgendwann auftauchen.

❋ Interplanetares Problem:
Alles plätschert nur so dahin
Die kosmische Szene (1):

Sophie und Joe haben sich zum ersten Mal auf ihrem Lieblingshügel geküsst, während die Sonne langsam über dem Universellen Tal unterging und ihre letzten flackernden Strahlen auf den mächtigen Astrodom in der Mitte des interplanetaren Parks warf. Es war ein wahrhaft spektakulärer Moment und das Große Universelle Orchester spielte die Ouvertüre der ersten Liebe während der letzten sieben oder acht Tage mit aller Hingabe. Sophie und Joe hielten Händchen, schauten einander in die Augen und konnten an nichts anderes denken als aneinander. Soooo schön …

Bis … Sophie am neunten Tag ihrer Beziehung ins Klassenzimmer kommt und Joe vorfindet, wie er allein an einem Tisch sitzt und arbeitet.

Sophie: »Joe! Da bist du ja! Ich hab schon nach dir gesucht. Ich hab dich ja seit einer halben Stunde nicht mehr gesehen. Gehst

INTERPLANETARE PÄRCHEN

JORDAN UND SITA

SAMANTHA UND JOSH

SUSIE UND JAMES

SOPHIE UND JOE

JEZIR UND SALLY

SYBIL UND JEREMY

ZUSAMMEN ... EGAL WAS KOMMT ...

du mir absichtlich aus dem Weg? Ich hab dich furchtbar vermisst!«
Joe: »Ähm, ich muss noch lernen. Ich bin in letzter Zeit aus irgendeinem Grund ziemlich hinterher. Ich muss einiges aufholen.«
Sophie: »Warum schaust du mich denn nicht mehr an? Was ist denn los?«
Joe: »Nichts! Was soll denn sein?«
Sophie: »Also ist dir das Lernen wichtiger als unsere Beziehung, ja? Na toll, vielen Dank!«
Sie dreht sich um und stürmt aus dem Zimmer.

Die kosmische Szene (2):

In einem anderen Teil der Schule steht Susie vom Saturn unglücklich in der Türöffnung und betrachtet die Liebe ihres Lebens (James vom Jupiter), der mit hoch gelegten Füßen mit seinen Kumpels vom Jupiter quatscht. Er ruft ihr zu: »Hi, Suse! Was'n los?«

»Nichts weiter.«

»Es ist doch irgendwas. Du siehst so geknickt aus.«

»Nicht so wichtig.«

James spricht inzwischen gut genug Saturnsprache, um zu wissen, dass, was immer auch Susie beschäftigt, wichtig IST, aber er kommt nicht darauf, was es sein könnte. Er findet es schwierig, mit ihren Stimmungen umzugehen, denn sie sagt ihm nie, was los ist, sondern scheint von ihm zu erwarten, das zu erraten. Er merkt, dass er irgendwie genervt ist, weil (anscheinend) irgendetwas nicht in Ordnung ist. Ist es etwas, was er gesagt oder nicht gesagt hat? Getan oder nicht getan hat? Seine Gedanken drehen sich im Kreis und er fragt sich, warum ihre Beziehung nicht einfach nur Spaß machen kann. Er findet sie um einiges anziehender, wenn sie lächelt! Wenn er sie also noch einmal fragt: »Was ist denn los?«, klingt er genervt und abweisend. Er ist nicht unbedingt von Susie genervt, sondern frustriert von seiner eigenen Unfähigkeit mit der Situation zurechtzukommen. Unvermeidlich interpretiert Susie jedoch seine Reaktion als einen Mangel an Zuneigung und sie fangen an zu streiten.

Interplanetarer Rat

1. Es ist am besten miteinander zu reden. Wenn es ein echtes Problem gibt, ist es klüger, dem anderen alles zu erzählen, anstatt ihn grübeln zu lassen, ob es seine Schuld ist, oder ihn überhaupt raten zu lassen, was los ist.
2. Wenn es kein echtes Problem gibt, sondern du nur in einer

schlechten Stimmung bist (du bist vielleicht einfach nur mit deinem Aussehen unzufrieden oder hast einen Insektenstich in der linken Kniekehle), dann lass den anderen lieber in Ruhe, anstatt deine schlechte Laune an ihm auszulassen. (Geh stattdessen und fall einem Bewohner des Planeten Zodd auf die Nerven. Das könnte eine Weile dauern, denn Zoddies werden nie wütend.)

James fragt sich, warum dieser besondere ZAUBER aus ihrer Beziehung verschwunden ist. Oder stimmt das gar nicht?
Es gibt durchaus einiges, was sowohl Saturn als auch Jupiter tun können, um diesen Zauber am Leben zu erhalten, wie das nächste Kapitel zeigt.

5.
WIE MAN ETWAS GUTES AM LAUFEN HÄLT

Tipps, wie man das Feuer auf Saturn und Jupiter am Brennen erhält

1. Sowohl Jupiter als auch Saturn sollten sich Zeit für andere Dinge und Leute nehmen (manche ihrer anderen Freundschaften sind vielleicht in letzter Zeit vernachlässigt worden). Sie werden merken, dass es noch mehr in ihrem Leben gibt als nur sie beide, und sie werden einander im Endeffekt interessanter finden.

2. Sie sollten versuchen, nicht alles persönlich zu nehmen, und nicht vergessen, dass sie manchmal vielleicht verschieden denken und reagieren. (Gelegentlich mag Saturn den Eindruck haben, dass Jupiter ÜBERHAUPT NICHT denkt!) Jupiter neigt dazu, sich in Aktivitäten zu stürzen, die ihn ablenken, wohingegen Saturn dazu neigt zu brüten. Saturns komplizierte Denkprozesse sind für Jupiter oft ein Rätsel.

3. Sowohl Jupiter als auch Saturn brauchen von Zeit zu Zeit die Bestätigung, dass sie wichtig füreinander sind. Diese Bestätigung kann durch Worte gegeben werden (»Du bist wirklich etwas Besonderes!«) oder in Form eines kleinen Geschenks (es braucht nichts Großes zu sein – vielleicht etwas, das im Kunstunterricht entstanden ist).

Anmerkung um die himmlische Harmonie zu stärken:
Jupiter und Saturn sollten sich bewusst sein, dass es unrealistisch ist zu erwarten, das ursprüngliche Herzklopfen in dem Moment, als sie sich das erste Mal miteinander getroffen haben, würde ewig anhalten (selbst wenn es sich damals so angefühlt hat). Wenn sie beide dazu bereit sind, aufeinander einzugehen und zu akzeptieren, dass der Partner eben anders ist (Jupiter braucht Freiheit und Saturn Bestätigung), dann wird die Beziehung mit etwas Glück auch zu etwas tiefer Gehendem reifen, besonders wenn sie auf Freundschaft beruht. Sophie und Joe sollten in der Lage sein, auf ihrem Lieblingshügel spazieren zu gehen, die Aussicht zu genießen und Spaß daran zu haben, den plutonischen Pflugrüssler zu beobachten, ohne zu meinen, dass es immer so sein muss wie in einer Szene der größten Lovestory des Universums. Wenn eine Beziehung zu kompliziert wird, geht sie leicht den Bach runter (genau wie der plutonische Pflugrüssler).
Nimm die ganze Sache leicht und unbeschwert. Lass genug Raum für Spaß, Lachen und Freundschaft.

Wie man die kosmischen Katastrophen vermeidet Die Gefahren und Fallen einer längeren Beziehung (oder wie man nicht in ein Plutonisches Strudelloch fällt)

Das erste Strudelloch:

Der göttliche (oder andere) Einfluss von Freunden (auch bekannt als Freunde, die nicht wissen, wann sie ihren Mund halten sollen).

Die kosmische Szene:

Susie vom Saturn findet heraus, dass es manchmal ein Fehler sein kann, einer Freundin ALLES anzuvertrauen. Sie befindet sich auf ihrem Heimatplaneten in ihrem Zimmer mit ihrer besten Freundin Sarah. Sie reden über ihre Beziehung mit James vom Jupiter.

Susie: »Wir haben ganz eng miteinander getanzt und er hat total liebe Sachen zu mir gesagt, aber er muss etwas mit jeder Menge Knoblauch drin gegessen haben. Jedesmal wenn er sei-

DIE KOSMISCHE CLIQUE SPEIST BEI MACDOODAH'S

nen Mund aufgemacht hat, hat er mich mit seinem Knoblauchatem angeschnauft. Es war FURCHTBAR! Aber ich wollte nicht aufhören mit ihm zu tanzen, um seine Gefühle nicht zu verletzen. Weißt du, ich mag ihn wirklich.«

(Später am gleichen Tag essen James, Susie, Sarah und der Rest der kosmischen Clique zusammen bei MacDoodah's.)

James vom Jupiter *(während er die Karte studiert):* »Hmm. Ich weiß nicht, was ich nehmen soll.«
Sarah: »Du kannst alles essen, James, bloß nichts mit Knoblauch.«
James *(verwirrt):* »Warum denn das?«
Sarah *(schnell bemüht, sich nichts anmerken zu lassen):* »Ähm … ähm, du könntest ja allergisch dagegen sein!«
James: »Bin ich nicht.«
Sarah *(unwillkürlich):* »Das wissen wir.«
James: »Hör mal, was soll das denn?«
Sarah: »Ach, nichts. Susie und ich haben uns nur unterhalten, das ist alles. Vergiss es.«
James: »Nein. Nein, ich will es wissen. Was meinst du damit?«
Susie: »Hör endlich auf, Sarah. Ist doch nicht wichtig.«
James: »Immer wenn du das sagst, ist es *doch* wichtig!«
(Ja, James lernt Saturnsprache!)

Die Sache mit dem Knoblauch wird nicht mehr erwähnt, aber James ist während der restlichen Zeit bei MacDoodah's deutlich still und zurückgezogen.
Tatsache ist: Jupiter hat nicht gern das Gefühl, dass man hinter seinem Rücken über ihn spricht oder dass seine Beziehung zu Saturn von Saturn selbst mit ihren Freundinnen diskutiert wird. Wenn er nicht gigantisches Selbstvertrauen hat, wird er vermuten, dass sie über ihn gelacht haben und Saturn Dinge

von ihm erzählt hat, die ihm möglicherweise peinlich sind (F.M.P.).

VERSUCHE DIE TATSACHE ZU RESPEKTIEREN, DASS JUPITER EURE BEZIEHUNG WAHRSCHEINLICH ALS SEHR PRIVATE ANGELEGENHEIT BETRACHTET. VERMEIDE ES, JEDEM ALLES ZU ERZÄHLEN (AUCH WENN DU VOR STOLZ PLATZT UND ES ALLER WELT ERZÄHLEN MÖCHTEST ...)

Jupiter ist absolut der Meinung, dass seine Beziehung mit Saturn ihrer beider PRIVATANGELEGENHEIT ist und nicht ein Thema für öffentliche Diskussionen. Er versteht im Allgemeinen nicht Saturns Bedürfnis zu reden (Gesprächstherapie). Schließlich geht er ja auch nicht los und spricht mit seinen Kumpels vom Jupiter über seine persönlichen Angelegenheiten. Also warum sollte Saturn das tun?

Vorschläge für Saturn

1. Es ist notwendig, dass du dein Bedürfnis zu reden und das Bedürfnis nach Privatsphäre ins Gleichgewicht bringst, nur so kannst du deine Beziehung davor bewahren, in ein Strudelloch abzusacken.
2. Überleg dir gut, mit wem du redest und was du wem erzählst. Wenn du dich einer Freundin anvertraust, musst du sicher sein, dass diese Freundin auch etwas für sich behalten kann.

JUPITER WILL SICH VIELLEICHT NICHT IMMER UNTERHALTEN (ER MACHT ALLES MIT SICH ALLEIN AUS)

SATURN WILL SICH VIELLEICHT ZU VIEL UNTERHALTEN (SIE FINDET HERAUS, WIE ES IHR GEHT, WÄHREND SIE ERZÄHLT)

3. Bevor du deinen Mund aufmachst, überleg dir, welche Auswirkung es auf Jupiter haben würde, wenn das, was du sagen willst, ihm über Umwege wieder erzählt wird, und zwar möglicherweise so, wie du es nicht beabsichtigt hast. Wäre er verletzt? Natürlich würde es ihm nichts ausmachen zu hören, dass du verrückt nach ihm bist. Aber wenn er hören würde, dass du dächtest, er hätte Füße wie Heringe (gleiche Größe, gleicher Geruch), wie würde er sich fühlen? Vielleicht hast du nur gesagt, seine Füße seien sehr groß, aber deine Freundin (die dazu neigt zu übertreiben und die Wahrheit auszuschmücken) hat »wie Heringe« hinzugefügt?

Sarah: Susie hat mir erzählt, dass James *riesige* Füße hat!«
Sophie: Du meinst so groß wie Heringe?
Sally: »Wahrscheinlich *riechen* sie auch so!«

So kann sich eine unschuldige Bemerkung zu etwas Größerem auswachsen (wie James' Füße). Sei vorsichtig! Es mag besser sein, sich hier ein Beispiel an Jupiter zu nehmen und GAR NICHTS zu sagen.

SEI VORSICHTIG, WAS DU SAGST ...
(JUPITERS GEFÜHLE KÖNNEN LEICHTER VERLETZT WERDEN, ALS DIR KLAR SEIN MAG ...)
(NUR WEIL ER SIE NICHT AUSDRÜCKT, BEDEUTET DAS NICHT, DASS ER KEINE HAT ...)

Übrigens: Es ist durchaus in Ordnung, wenn Saturn Jupiter liebevoll und scherzhaft aufzieht: »*Natürlich* haben Jungs keine Fehler!« Er antwortet dann vielleicht: »Und Mädchen sind *perfekt!*« Aber an dieser Art von Kappelei ist nichts Gemeines oder Verletzendes, und es ist nicht das Gleiche wie bösartige Kritik oder verletzende persönliche Bemerkungen.

Grundsätzlicher Rat an Jupiter

Jupiter mag gelegentlich versucht sein, vor seinen Kumpels vom Jupiter über gewisse Aspekte seiner Beziehung mit der Freundin vom Saturn anzugeben. Das ist nicht ganz das Gleiche wie eine Erörterung all der intimen Details und Gefühle. Es kann jedoch einen ähnlich verletzenden und schmerzenden Effekt haben, wenn Saturn hört, dass über sie auf diese Weise geredet wurde. Jupiter sollte der Versuchung zu prahlen widerstehen.

Was Saturn tun sollte, wenn sie erfährt, dass Jupiter seinen Freunden gegenüber mit ihrer Beziehung geprahlt hat

- Sie sollte möglichst nicht aus der Haut fahren (er wird nur losziehen und seinen Freunden erzählen, dass sie eine richtige »Hexe« sei oder Ähnliches). Stattdessen sollte Saturn tief Luft holen und bedenken, dass er nur angibt, weil er vor Stolz über seine Beziehung fast platzt.
- Sie sollte ihn (so nett sie kann) bitten, das zukünftig zu lassen, weil es ihr peinlich ist.

Das zweite Strudelloch: Angeblich schwer zu haben sein/übereifrig sein. Wie man die richtige Mischung hinbekommt

Die kosmische Szene (I):

Die Augen von Sita vom Saturn leuchten auf, wenn Jordan vom Jupiter ins Zimmer tritt, und sie schenkt ihm normalerweise ein blendendes Lächeln und umarmt ihn sogar. (Er genießt das und findet ihre herzliche Art und ihr Lächeln sehr anziehend.)

Dann nimmt Sarah vom Saturn Sita einmal beiseite und sagt zu ihr: »Er wird das Interesse an dir verlieren, wenn du zu übereifrig bist, Sita. Du willst doch, dass er sich auch ein wenig Mühe gibt, oder? Du machst es ihm viel zu leicht. Du musst so tun, als seist du schwer zu haben.«

Später am gleichen Tag kommt Jordan ins Zimmer und Sita sitzt am Tisch und lernt. Sie blickt nicht auf, als er ins Zimmer kommt.

Jordan: »Ähm ... hi, Sita. Wie läuft's denn so?«

Sita antwortet nicht.

Jordan: »Ähm ... hallo?«

Sie antwortet nicht.

Jordan: »Hallooo! Jemand zu Hause?«

Sita: »Du brauchst mir nicht so ins Ohr zu schreien. Ich versuche mich zu konzentrieren. Was willst du denn?«

Jordan *(verblüfft über ihre abweisende Art):* »Ähm ... ich wollte nur fragen, ob du Lust hast, morgen mit mir was zu unternehmen? Wir könnten ein Picknick machen und vielleicht ins Kino gehen und ...«

Sita: »Ich kann nicht. Ich wasche mir die Haare.«

Jordan: »Was ... den ganzen Tag?«

Sita: »Weißt du, ich habe sehr langes Haar. Und könntest du mich jetzt bitte meine Mathe-Hausaufgaben machen lassen?«

Die kosmische Szene (2)

Sophie vom Saturn: »Ich liebe dich, Joe.«
Joe vom Jupiter: »Ich weiß.«
Sophie: »Wieso?«
Joe: »Weil du es mir immer wieder sagst.«
Sophie: »Na ja, es ist auch mein Ernst. Ich möchte immer mit dir zusammen sein. Ich kann es überhaupt nicht mehr aushalten ohne dich.«
Joe *(gähnend):* »Das hab ich gemerkt.«
Sophie: »Meine Mutter mag dich auch. Und mein Dad. Und der Hund. Sie mögen dich alle. Es ist, als ob wir immer dafür bestimmt waren, zusammen zu sein. Jetzt, wo wir uns gefunden haben, ist es, als ob wir uns schon immer kennen. Fühlst du das nicht auch? Ähm … Joe?«
Joe ist eingeschlafen. *Sssstt …*

Tatsache ist: Viele Wesen vom Jupiter haben die Fähigkeit entwickelt, einer Situation, die sie langweilig oder schwierig oder beides finden, zu entkommen, indem sie einschlafen.

Interplanetarer Rat für jene, die vorhaben, so zu tun, als seien sie schwer zu haben

1. Wenn du zu sehr versuchst das Spiel »Schwer zu haben« zu spielen, kann es dir passieren, dass du versehentlich »Unmöglich zu kriegen« spielst, sodass dein Lieblings-Alien aufgibt und dich ganz in Ruhe lässt.
2. Es ist notwendig, dass du deine coole und reservierte Haltung mit ein klein bisschen Ermutigung ausgleichst, damit dein Lieblings-Alien nicht völlig den Mut verliert. Du kannst ihm oder ihr zum Beispiel sagen, dass du dich mit ihm oder ihr am nächsten Tag nicht treffen kannst, weil du den Hund waschen musst, aber du KÖNNTEST vielleicht am Donnerstag Zeit haben. (Soll heißen: Wenn er oder sie WIRKLICH GLÜCK HAT.)

3. Saturn sollte Jupiter ein rätselhaftes Lächeln schenken. (Dies ist vermutlich etwas, was sie üben muss. Ein Studium des Bildes von Mona Lisa ist da empfehlenswert. Aber wenn sie es falsch macht, könnte sie aussehen, als ob ihr gleich schlecht würde.)

4. Wenn du sofort deinen Kalender herausholst und nachschlägt, wann immer er/sie dich fragt, ob du Zeit hast, wird es so aussehen, als ob du so beschäftigt bist, dass er/sie sich anscheinend furchtbar anstrengen muss, um mit dir mitzuhalten, und erst recht um eine Beziehung zu haben. Du kannst das ausgleichen, indem du etwas sagst wie: »Ich hab wirklich viel zu tun – aber die Zeit, mit dir wegzugehen, nehme ich mir einfach.« (Achte darauf, dass du ihn/sie nicht deinen Kalender sehen lässt, oder er/sie wird möglicherweise feststellen, dass sein/ihr Name praktisch jeden Tag darin steht, mit kleinen Herzen, Küssen, usw. daneben.)

❋ Interplanetare Warnung:

Distanziert zu sein kann ziemlich langweilig werden und einsam machen. (Distanzen kommen vom Planeten Distanzia, der äußerst kalt, abweisend und praktisch unerreichbar ist.) Du könntest dir bald wünschen, wieder zu dem Planeten deines Lieblings-Alien zurückzukehren, und das solltest du dann auch tun.

Interplanetarer Rat für jene, die an grenzenlosem Enthusiasmus leiden (Das Übereifer-Syndrom)

1. Wenn Saturn und Jupiter sich die ganze Zeit einander an den Hals werfen (soll heißen, wenn sie sich ständig erzählen, wie sehr sie sich lieben und – in Saturns Fall – möglicherweise im Sinn von: sich in seine Arme werfen), werden sie sich so an diese Umgangsweise gewöhnen, dass der eigentliche Sinn ihrer Worte und Taten verloren geht. Ihre Beziehung langweilt sie

irgendwann, weil sie zu einfach ist. (Es ist natürlich uncool, übereifrig zu sein.)

ÜBERTREIBE NICHT.

2. Jupiter genießt das Gefühl, etwas erreicht zu haben, wie z.B. Saturns Zuneigung zu gewinnen. In seiner Beziehung muss es ein gewisses Maß an Herausforderung geben (natürlich nicht zu viel – ich meine nicht, dass Saturn ihn zu einem Duell herausfordern sollte –, aber gerade genug, dass er gelegentlich fragen oder sich darum kümmern muss, wie es ihr geht).
3. Jupiter übernimmt gerne die Führung und hat auch gern die Situation unter Kontrolle. Wenn Saturn alles tut und alles für ihn sagt, wird er sich nutzlos fühlen. Er geht vielleicht schlafen. Oder er geht einfach.
4. Egal wie gern ihr miteinander zusammen seid, versucht zumindest manchmal voneinander getrennt zu sein (Abwesenheit lässt die Sehnsucht wachsen!). Saturn sollte Jupiter eine Chance geben sie zu vermissen. Jupiter sollte es vermeiden, sich an Saturn zu klammern wie eine Heftklammer. Sowohl Jupiter als auch Saturn sollten darauf achten, nicht das Klebe-

DAS IST FÜR DICH!
WAS IST ES?

RAUM UND ZEIT!
SO VIEL DU WILLST —
MIT ALL MEINER
LIEBE!

streifen-Syndrom zu zeigen (aneinander zu kleben, bis keiner sich mehr bewegen oder atmen kann).

5. Saturn wird sich mit ihren Freundinnen treffen wollen. Sie braucht ihre »Mädchenabende«. Jupiter sollte es vermeiden, sie zu sehr zu bedrängen.

6. Es ist nichts falsch daran, im richtigen Moment einen gewissen Enthusiasmus zu zeigen, zum Beispiel, wenn Jupiter Saturn zu einer Party eingeladen hat oder umgekehrt. Er oder sie kann sagen: »Ja, ich freu mich echt drauf!« Ein Ausdruck von Anerkennung oder Bewunderung ist auch von Vorteil: »Wow! Ich finde dein Raumschiff/dein Outfit toll. Gefällt mir wirklich gut!« Aber Saturn und Jupiter sollten es vermeiden zu sagen: »Ich finde dich einfach toll!« (Zumindest nicht öfter als alle drei Minuten.)

Das dritte Strudelloch: Kosmische Kritik und kosmische Katastrophe
Die kosmische Szene:

Sally und Jezir sind eine interplanetare Einheit geworden. Sie verbringen so viel Zeit zusammen, wie sie nur können, teilen viele Interessen und hängen mit der kosmischen Clique herum. Jezir hat die Angewohnheit, immer, wenn er irgendjemandem beipflichtet, laut »Stimmt genau!« zu rufen. Als er es das erste Mal zu Sally sagte, war sie äußerst geschmeichelt. Dann merkte sie, dass er es zu jedem sagte. Dann merkte sie, dass er es IMMER sagte. Einmal sagte er es zu Sybil vom Saturn (der dümmsten Bewohnerin vom Saturn, die es jemals gegeben hat), nachdem sie etwas besonders Blödes gesagt hatte:

Sybil vom Saturn: »Daddy nennt mich seine kleine Schäferin, weil ich anderen Leuten gegenüber immer so nett und fürsorglich bin.«
Jezir: »STIMMT GENAU!«

Sally *(höhnisch):* »Ja. Stimmt genau. Daddys Lieblingsschaf!«
Sybil vom Saturn bricht in Tränen aus.
Jezir: »Wie kannst du so gemein sein, Sally?«
Sally: »Weil du … du klingst so BLÖDE, wenn du die ganze Zeit ›Stimmt genau!‹ sagst. Du sagst es zu jedem und du sagst es dauernd und … und es geht mir auf die Nerven. Okay?«

Es ist NICHT OKAY. Die tiefste unangenehme Stille des ganzen Universums ist entstanden und die Atmosphäre wurde plötzlich so eisig, als ob sich ein intergalaktischer Gletscher langsam, aber unausweichlich zwischen Sally und Jezir geschoben hätte. Werden sie es jemals schaffen, ihn zu überqueren und wieder zusammen zu sein? Sie fragen sich vielleicht beide insgeheim: »Was ist passiert?« und »Was soll ich denn bloß jetzt tun/sagen?«

Was ist passiert?

Wenn man länger miteinander zusammen ist, dann kann es sein, dass der rosige Schein, der eure große Reise in das Unbekannte anfänglich umgeben hat, nach und nach anfängt zu verblassen. Ihr werdet euch langsam (oder vielleicht auch plötzlich) bewusst, welche ärgerlichen kleinen Angewohnheiten der andere hat. Wir alle haben sie. Manche haben natürlich mehr als andere (Jasper vom Jupiter zum Beispiel, der praktisch eine Anhäufung von nervenden kleinen Angewohnheiten auf zwei Beinen ist).
Es ist einfach nur so, dass euch bis jetzt nicht bewusst war, dass der perfekte Alien irgendeine dieser ärgerlichen kleinen Angewohnheiten hatte. Und schon der Ausdruck »Ärgerliche kleine Angewohnheiten« wird nach einer Weile schon ärgerlich. Ein anderer eventuell ärgerlicher kleiner Ausdruck ist: »Vertrautheit schafft Geringschätzung«. All das mag stimmen. Aber die Frage ist: Was sollst du dagegen tun?

IN EINER LÄNGEREN BEZIEHUNG LERNT MAN ZU AKZEPTIEREN, DASS NIEMAND PERFEKT IST …

DEIN LIEBLINGS-ALIEN KANN DIR GELEGENTLICH AUCH AUF DIE NERVEN GEHEN …

Was soll ich jetzt tun/sagen?

- Du kannst kosmische Katastrophen verhindern, indem du nachdenkst, bevor du den Mund öffnest, um etwas zu sagen, was du hinterher bedauern könntest.
- Frag dich selbst, WIE der andere wahrscheinlich reagieren wird (beleidigt? wütend? verletzt? verlegen?), und dann frag dich, ob du damit klar kommen wirst und diese Reaktion auffangen kannst. Wenn die Antwort NEIN lautet, dann könnte es besser sein, dir auf die Zunge zu beißen (nicht zu heftig), und GAR NICHTS zu sagen.
- Wenn du es absolut nicht geschafft hast zu vermeiden, etwas zu sagen, was du vielleicht bedauern könntest, und es jetzt bereust, was kannst du dann tun? Die Worte »Es tut mir Leid« sind ziemlich nützlich. Es ist wahrscheinlich besser, sie gleich auszusprechen. Je länger du wartest, desto schwieriger könnte es werden.
- Nachdem du »Es tut mir Leid« gesagt hast, ist es manchmal ganz gut, denjenigen, den du beleidigt hast, eine Weile allein zu lassen, damit er/sie sich beruhigen kann.
- Das nächste Mal, wenn du deinen Lieblings-Alien siehst, kannst du etwas dafür tun, dass seine/ihre gesträubten Federn sich glätten, indem du ihm/ihr ein Kompliment machst. Übertreibe nicht! (Wenn Saturn erst kürzlich Jupiter erzählt hat, dass es sie nervt, wie er beim Sprechen mit den Ohren wackelt, sollte sie sich nicht plötzlich um hundert Grad drehen und ihm sagen, dass sie noch niemals so sexy Ohren gesehen hat. Er wird ihr wohl kaum glauben.) Mach einfach eine Bemerkung, wie gut er/sie aussieht und belasse es dabei.
- Tröste dich mit dem Gedanken, dass nach einer kosmischen Katastrophe normalerweise eine *sehr kurze Eiszeit* kommt, gefolgt von einer wundervollen Erfahrung, die allgemein bekannt ist als *Versöhnung*. Es ist anzunehmen, dass ihr beide genug Zeit hattet, es zu bereuen, euch wegen etwas so Unbedeuten-

dem gestritten zu haben. Und sicher habt ihr auch an all die guten Zeiten gedacht und seid äußerst beunruhigt bei dem Gedanken, all das wegen etwas so Unwichtigem wegzuwerfen. »Was würde Saturn nicht darum geben, jetzt zu hören, wie er »Stimmt genau!« zu ihr sagt! Also, wenn ihr euch wieder versöhnt, ist es WUNDERBAR, genau wie es vorher war, nur noch BESSER:

- Ihr schätzt euch beide mehr und ihr seid entschlossen, einander mit Respekt zu begegnen, damit ihr es nie mehr riskiert, euch wieder zu verlieren. (Sie sollte einfach nur versuchen, nicht zu oft auf seine Ohren zu schauen, oder das Wackeln wird sie wahnsinnig machen. Stattdessen sollte sie in seine wunderschönen Augen sehen, die sie immer so attraktiv gefunden hat.)

Warnende Worte an Saturn: Versuche nicht absichtlich eine Katastrophe mit Jupiter herbeizuführen, nur weil die letzte Versöhnung so romantisch war. Er könnte ja vielleicht anders reagieren, als du gehofft hast. Vergiss nicht, dass er ja auch ANDERS ist. Wenn man jemandem nahe steht, ist man sensibel und verletzbarer hinsichtlich dessen, was der andere sagt und von einem denkt. Jupiter zeigt seine Gefühle vielleicht nicht auf die gleiche Weise wie Saturn. Er neigt dazu, seine verletzten Gefühle zu verbergen. Wenn er sie zugäbe, würde es zeigen, dass er von dir zutiefst durcheinander gebracht werden kann, was für ihn wiederum bedeutet, dass er nicht mehr die Kontrolle über die Situation hat. Jupiter fühlt sich gerne stark und hat gern alles unter Kontrolle. (Er ist zwar kein Kontroll-Fanatiker, aber er ist stolz, und sein männlicher Stolz und seine natürliche Empfindsamkeit dürfen nicht unterschätzt werden.)

Saturn neigt dazu, ihre Gefühle offener zu zeigen. Es ist immer noch eine unfaire aber leider wahre Tatsache, dass Mädchen weinen dürfen (wenn auch vielleicht nicht so häufig wie die unsägliche Sybil vom Saturn), wohingegen das bei Jungen verpönt ist. Jupiter merkt es normalerweise, wenn er Saturn verletzt hat, und wenn er ein mitfühlendes Wesen ist, wird es ihm Leid tun.

Saturn merkt vielleicht nicht einmal, dass sie Jupiter verletzt hat, weil er dazu neigt, seine Gefühle zu verbergen. Weil er nicht reagiert, hat sie vielleicht das Gefühl, ihn ständig kritisieren zu können. Sie kann auch irritiert sein über den Mangel an Reaktion und es als ein Zeichen auslegen, dass es ihm VÖLLIG egal ist, was sie denkt oder wie sie sich fühlt. Dementsprechend wird sie ihn vielleicht immer mehr provozieren wollen, bis sie schließlich eine Reaktion erhält (alles ist besser als gar nichts – oder doch nicht?).

Saturn sollte nicht vergessen, dass Jupiter nicht wie ihre Freundinnen ist. Sie muss lernen, mit ihrer Superantenne genau wahrzunehmen, wann sie Jupiters Gefühle verletzt hat. Während sie ihn näher kennen lernt, sollten ihr verschiedene Verhaltensweisen – wie gekränktes Schweigen oder albernes Benehmen, aber auch extreme Coolness, Gleichgültigkeit oder Herumlärmen – Hinweise darauf geben, dass er auf diese Weise verletzte Gefühle oder Empfindsamkeit zeigt.

Wie man kosmische Katastrophen verhindert und interplanetare Harmonie fördert

✹ Wenn Jupiter sich Saturn gegenüber die meiste Zeit liebevoll verhält und mit ihr zusammen sein will, darf sie sicher sein, dass sie seine Gefühle tatsächlich verletzen KANN. Es besteht kein Grund, ihn in sein Schneckenhaus zu jagen oder zu einem Wut-

WOW!
ICH HAB GESTERN DEN RING GESEHEN ...
FÜR SATURN SIND RINGE GANZ BESONDERS INTERESSANT.

OH.
... IN DEM BERÜHMTE BOXKÄMPFE STATT-GEFUNDEN HABEN.
JUPITER, PASS AUF!
SIE KANN IN DIE UNWICHTIGSTEN BEMERKUNGEN EINE VERBORGENE BEDEUTUNG HINEINLESEN.

ausbruch zu verleiten, nur um herauszufinden, ob er wirklich Gefühle hat. Sie sollte eher nach den versteckteren Anzeichen dafür suchen, dass sie ihn beleidigt hat (wie zum Beispiel verletztes Schweigen), bevor die ganze Situation außer Kontrolle gerät und eine ziemlich unwichtige Angelegenheit unverhältnismäßig aufgeblasen wird.

- Jupiter sollte nicht vergessen, dass Saturn sehr wahrscheinlich die Bestätigung sucht, dass ihm etwas an ihr liegt – auch wenn es so scheint, als ob sie ihn auf die Palme treiben will. Eine gute Möglichkeit, sie davon abzubringen, ist unvermittelt etwas Nettes zu sagen: »Du bist mir wirklich wichtig, weißt du!« Dies dürfte sie sprachlos machen – zumindest für drei Minuten.

SO ETWAS ZU HÖREN MACHT SATURN FÜR MINDESTENS DREI MINUTEN SPRACHLOS.

Wie sich das verletzte Schweigen von Saturn und Jupiter unterscheiden

Saturns Schweigen ist extrem und auf jeden Fall zu bemerken. Es ist eiskalt. Es lässt inmitten einer Hitzewelle Eisblumen am nächsten Fenster erscheinen. Sie weigert sich, ÜBERHAUPT mit Jupiter zu reden. Sie kann ihm jedoch hin und wieder einen Blick zuwerfen (und es ist ein entsetzlicher und Furcht erregender Blick). Also ist es besonders schwierig für Jupiter zu verstehen, dass Saturns Schweigen auch eine Aufforderung an ihn ist, dieses Schweigen zu brechen. Sie will, dass er etwas sagt und seinen Fehler eingesteht. Das Schweigen ist wie eine He-

rausforderung und Jupiter soll doch angeblich Herausforderungen mögen! (Obwohl es möglich ist, dass er sich lieber mit verbundenen Augen vom Mount Everest abseilt, als Saturn gegenüberzutreten, wenn sie in dieser Stimmung ist.)
Jupiters Schweigen ist weniger extrem. Er antwortet vielleicht immer noch auf Saturns Fragen, obwohl seine Antworten eher einsilbig sind und er es vermeidet, sie anzusehen. Er sieht elend und unglücklich aus. Sein Schweigen sagt: »Geh weg und lass mich in Ruhe. Ich komm damit schon alleine klar.« Saturn sollte ihm etwas Raum lassen und warten, bis es ihm besser geht. (Er wird dies wahrscheinlich schaffen, indem er irgendein anderes Problem angeht und löst, oder indem er sich auf Sport oder sonstige Action konzentriert, die ihn von sich selbst ablenkt.)
Jupiter mag keine Auseinandersetzungen.

SATURN KANN JUPITER MIT ZU VIELEN WORTEN VÖLLIG FERTIGMACHEN (EIN LÄCHELN, EIN STIRNRUNZELN, EIN KOPFNICKEN SAGEN MANCHMAL MEHR). SIE SOLLTE IHM EINE CHANCE GEBEN ZU REDEN/NACHZUDENKEN.

SATURN SOLLTE VERMEIDEN ZU SAGEN: »Wir müssen reden!« Diese Worte werden bei Jupiter eher einen Riesenschreck oder zumindest schlimmste Befürchtungen auslösen.

BESSER IST ES ZU SAGEN: »Kann ich mit dir reden?« Wenn sie ihn freundlich fragt, ist es weniger wahrscheinlich, dass ihm plötzlich eine wichtige Verabredung einfällt und er aus dem Zimmer stürzt.

Das letzte Wort in der Angelegenheit: Saturn sollte dem Drang widerstehen, das letzte Wort zu haben (*ungeachtet* der Konsequenzen). Es ist besser, Jupiter eine Weile in Ruhe zu lassen. Vergiss nicht, auch wenn er von einem fremden Planeten kommt, besteht kein Grund ihn völlig zu befremden!

❋ Interplanetares Problem: Wohin gehen, was tun und was sagen, wenn Saturn und Jupiter eine interplanetare Einheit sind?

Die kosmische Szene:

Sophie und Joe sind (wieder einmal) zu ihrem Lieblingsberg zurückgekehrt. Sie stehen dort Seite an Seite und genießen den Ausblick.

Sophie: »Dort ist der große Astrodom.«

Joe: »Ja. Er ist immer noch dort.«

Sophie: »Sollen wir versuchen, einen Plutonischen Pflugrüssler zu finden und auf seinem Rücken zu reiten, wie wir es das letzte Mal gemacht haben?«

Joe: »Und das Mal davor. Und davor.«

Sophie: »Ooooh, tut mir Leid! Ich habe nur versucht etwas vorzuschlagen, was Spaß machen könnte.«
Joe *(gähnt):* »Ich langweile mich.« *(Er legt sich ins intergalaktische Gras und schließt die Augen.)*
Sophie: »Du meinst, du findest MICH langweilig? So langweilig, dass du schlafen musst?«
Joe *(öffnet die Augen und setzt sich auf)*: »Das hab ich nicht gesagt!«
Sophie: »Aber das hast du *gemeint!*«
Joe: »Woher willst du *wissen,* was ich gemeint habe?«

Es herrscht ein nachdrückliches verletztes Schweigen auf Seiten von Saturn. Jupiter macht einen schwachen Versuch, es zu durchbrechen.

Joe: »Hör mal – dann gehen wir eben und suchen einen Plutonischen Pflugrüssler und reiten auf seinem Rücken zurück. Wenn es dich glücklich macht!«

Achtung: Der Ausdruck »Wenn es dich glücklich macht« wird beinahe unter Garantie eine gefährliche Kombination von Gefühlen hervorrufen, besonders bei Saturn. Anfänglich ist sie erfreut, dass ihr Wunsch erfüllt wird, aber ihre Freude verwandelt sich schnell in Verärgerung und Enttäuschung darüber, dass Jupiter so herablassend ist und so tut, als ob sie eine Nervensäge sei. Wenn möglich, sollte Jupiter es vermeiden, die Worte »Wenn es dich glücklich macht« zu benutzen.
Sophie: »Nein, es macht mich NICHT glücklich! Was mich glücklich machen würde, wäre, wenn du etwas bessere Laune hättest! Warum denkst DU dir nicht etwas aus, was wir machen können? Etwas, was Spaß macht? Etwas … ANDERES!«
Da haben wir es! Sie hat es gesagt. Sophie und Joe brauchen beide einen Ortswechsel.

Wie man Langeweile in einer Beziehung vermeidet

✸ Vermeidet es, immer und immer wieder zum gleichen Ort zurückzugehen. Es mag ein besonderer Ort für euch beide sein, aber wenn ihr ständig dorthin geht, fängt er an seinen Zauber zu verlieren. Es ist besser, nur bei besonderen Gelegenheiten hinzugehen, wie z.B. an deinem Geburtstag. Oder zur Feier des Tages, an dem ihr euch verliebt habt, während die Sonne untergegangen ist (vor drei Wochen), oder vielleicht, wenn einer von euch Trost braucht. Geht nicht in der ERWARTUNG dorthin, dass der Ort selbst in euch beiden die gleichen Gefühle hervorruft wie damals, als ihr das letzte Mal dort wart. Jupiter mag den Ort nicht in dem gleichen romantischen Licht sehen wie Saturn (bei der jede Kleinigkeit in ihrer Erinnerung einen magischen Schein annimmt). Er erinnert sich beispielsweise sehr gut an diesen Augenblick, aber er muss sich nicht unbedingt an jede Kleinigkeit des Ortes, wo ES geschah, erinnern (oder es romantisieren). Er erinnert sich vielleicht sogar an etwas ziemlich Weltliches, wie z.B. die Tatsache, dass er von einer Ameise gebissen wurde, während er dort war.

Saturn sollte nicht vergessen, dass ihre Erinnerungen oder die Art und Weise, wie sie sich an Orte und Ereignisse erinnert, wahrscheinlich anders ist, genau wie die Art und Weise, wie sie damals alles wahrgenommen hat. Dies kann auch interessant sein. Sie sollte nicht beleidigt sein, wenn Jupiter sich anscheinend nicht an etwas erinnert oder dem besondere Bedeutung beimisst, was ihr als herausragend aufgefallen ist: »Aber du MUSST dich doch an den Baum erinnern, unter dem wir gestanden haben, als du mich das erste Mal geküsst hast. Seine Äste sahen aus wie vier riesige Arme, die nach dem Himmel greifen!«

Wenn sie ihm sagt, er *müsse* sich an etwas erinnern, und er *kann* es nicht, dann vermittelt ihm dies das Gefühl zu versagen. Stattdessen sollte sie ihn fragen, woran ER sich erinnert (er erinnert sich wahrscheinlich an SIE – was doch sehr nett ist). (Er fragt sich vielleicht auch, warum sie den Baum und den Himmel betrachtet hat, den Ausblick usw., anstatt IHM Beachtung zu schenken.)

✸ Wenn ihr irgendwo ANDERS hingeht (oder etwas anderes macht), dann wird die neue Umgebung euch helfen auch euch selbst gegenseitig in einem neuen Licht zu sehen.

Die kosmische Szene:

Samantha geht fast jeden Nachmittag nach der Schule zum Fußballplatz und sieht Josh beim Spiel zu. Sie ist daran gewöhnt, ihn in Fußballkleidung zu sehen, seine Schuhe (und seine Knie) schlammverschmiert. Normalerweise ist er auch leicht außer Atem (nach einem harten Spiel) und schwitzt (oder ist von kleinen Schweißperlen übersät, wenn du das lieber hörst). Es gefällt ihr eigentlich gar nicht so sehr, beim Fußballspiel zuzusehen, besonders jetzt, wo das Wetter schlechter wird. Josh ist daran gewöhnt, sie dort stehen zu sehen, halb erfroren mit gelangweiltem Gesicht und roter Nase, während der Herbst sich dem Winter zuneigt. Sowohl Josh als auch Samantha fragen sich insgeheim langsam, was sie eigentlich so anziehend aneinander fanden.

Eines Tages lädt Josh Samantha zu seinem Geburtstagsessen ein. Seine Eltern wollen mit ihm in ein vornehmes Restaurant gehen. Samantha nimmt die Einladung an und beschließt, das raffinierte Abendkleid anzuziehen, das zu tragen sie vorher nie eine Gelegenheit hatte. Ihre Schwester steckt ihr das Haar hoch, hilft ihr beim Make-up und leiht ihr ein Paar ausgefallene Ohrringe. Samantha sieht in den Spiegel und stellt fest, dass sie plötzlich ungefähr vier Jahre älter aussieht und wirklich ziemlich umwerfend.

Es klingelt.

Als sie öffnet, steht Josh vor der Tür, gut aussehend in Anzug und Krawatte. Eine Welle von teurem Aftershave (seines Dads) erfasst sie. Samantha und Josh sind beide sprachlos (beide denken: WOW!) und können den Blick nicht voneinander wenden. Während des Essens sagen sie kaum ein Wort, aber das Kerzenlicht und die romantische Umgebung verstärken nur noch den Eindruck, in der Gesellschaft eines göttlichen Wesens vom anderen Stern zu sein.

»Ihr seid ja beide so still«, sagt Joshs Mum. »Ich hoffe, ihr genießt den Abend.«
»Oh ja!«, sagen Josh und Samantha wie aus einem Munde. (Und sie meinen es auch so.)

Interplanetarer Rat

✹ Natürlich ist es nicht notwendig, in ein schickes Restaurant zu gehen oder völlig zu übertreiben, was das Aussehen betrifft, um beim anderen Eindruck zu machen. Versuch es nur mal mit einem anderen »Programm«. Saturn und Jupiter werden überrascht sein, in welch neuem Licht sie sich plötzlich sehen, wenn sie zusammen zum Snowboarden gehen (oder Schlittschuhlaufen oder sich auch nur einen Hang hinunterkullern lassen.) Sie könnten einen einfachen Ortswechsel vornehmen (einen Nachbarort besuchen oder lediglich in ihrem eigenen Ort irgendwohin gehen, wo sie vorher noch nicht waren) oder sich anders kleiden.

✹ Sie könnten ihr Aussehen verändern, z.B. die Frisur (wenn allerdings Jupiter Saturn immer erzählt hat, wie gut ihm ihr langes Haar gefällt, ist es vielleicht nicht so eine gute Idee, wenn sie sich einen igelartigen Bürstenschnitt verpassen lässt. Wenn er damit gerechnet hat, mit einem Mädchen mit herrlichen langen Haaren wegzugehen, ist es immer ein Schock für Jupiter, einem Igel gegenüberzustehen – selbst wenn es ein attraktiver Igel ist. Er denkt vielleicht sogar, dass sie absichtlich ihr Aussehen verändert hat, weil ihr EGAL ist, was er denkt. Gleichermaßen wäre es unklug von Jupiter, wenn er mit Saturn, die Höhenangst hat, ins Riesenrad ginge, nur weil sie sich etwas Aufregendes gewünscht hat).

✹ Interplanetares Problem: Wie man eine feste Beziehung davor bewahrt, sich in eine wacklige Beziehung zu verwandeln

Die kosmische Szene:

Jordan und Sita sind zusammen auf einer Party. Er fordert sie zum Tanzen auf und sie tanzen eng umschlungen. Sita ist rundum glücklich, bis sie merkt, dass er über ihre Schulter zu einem anderen Mädchen schaut (Sandra vom Saturn). Sie sieht gerade noch rechtzeitig, wie Sandra ihn anlächelt. Sandra sieht schnell weg, aber es ist zu spät.

Sita: »Du hast SIE angesehen!«
Jordan: »Nein, hab ich nicht. Ich meine, das war nicht zu vermeiden. Ich kann ja schließlich auch andere Menschen ansehen, oder?«
Sita: »Nein. Nicht, wenn du mit mir zusammen bist.«
Jordan: »Das ist doch albern! Du redest Unsinn.«
Er versucht, die ganze Sache in einen Witz zu verwandeln (das ist eine erprobte Strategie von Jupiter um aus einem besonders tiefen Strudelloch zu kommen, in das er gerade gefallen ist):

»Was willst du denn? Dass ich mir einen Eimer über den Kopf stülpe, damit ich nichts mehr sehen kann?«
Sita: »Ja. Und am besten nimmst du ihn überhaupt nie mehr ab! ICH HASSE DICH!«
Sie rast tränenüberströmt aus dem Zimmer und hinterlässt eine peinliche Stille, die nur durchbrochen wird, als die anderen sich Bemerkungen darüber zuflüstern, was gerade eben passiert ist.

Und was ist passiert?

Ein wichtiges Schlüsselwort: BINDUNG
Sita fühlt sich Jordan gegenüber gebunden, was bedeutet, dass sie nicht daran interessiert ist, mit anderen Jungs auszugehen, weil sie ihre Beziehung mit Jordan ernst nimmt. Sie erwartet von ihm, dass er ihre Beziehung genauso ernst nimmt wie sie.
Ein anderes Schlüsselwort: ERWARTUNGEN
Je mehr man von einem anderen Menschen erwartet, desto wahrscheinlicher ist es, dass man enttäuscht wird, wenn der andere die Erwartungen nicht erfüllt. Sita fühlt sich bitterlich enttäuscht und im Stich gelassen.

Was fühlt sie sonst noch?

- Verletztheit
- Wut
- Eifersucht
- Ein überwältigendes Gefühl von BESITZANSPRUCH, weshalb sie Sandra vom Saturn am liebsten anschreien möchte: »Er gehört *mir!* Wage es nicht, ihn auch nur *anzusehen!*«
- Sie ist auch zutiefst verlegen. Wie soll sie jemals ins Zimmer zurückkehren können, wie soll sie Jordan, Sandra oder irgendjemandem wieder gegenübertreten?

Was passiert ist, ist eine Überreaktion von Saturn

Jupiter reagiert im Gegensatz zu Saturn nur manchmal (nicht immer). Was Überreaktionen betrifft, ist Saturn ein ganz eigenes Kapitel. Niemand beherrscht das so wie sie. Sie tut es mit Stil, mit Flair, mit echter Leidenschaft, und sie tut es mit erhobener Stimme. Manchmal stürmt sie aus dem Zimmer (Jupiter ist im Stürmen nicht so gut). Dann, fünf Minuten später, wenn ihr Puls wieder langsamer wird, bereut sie bitterlich, was sie gerade getan hat, kommt sich wie ein völliger Idiot vor, denkt, dass niemand sie liebt oder versteht, und bricht in Tränen aus.

BINDUNG

Wie sollte Jupiter Saturn nach einer Überreaktion behandeln?

- Für eine kleine Weile sollte er am besten gar nichts tun. Er sollte sie alleine lassen, bis sie sich ausreichend beruhigt hat, sodass sie nicht allein bei seinem Anblick hysterisch wird und anfängt, Dinge nach ihm zu werfen. (Er sollte sich ihr vorsichtig nähern.)
- Er kann versuchen sich so zu verhalten, als ob überhaupt nichts geschehen sei (darin ist Jupiter ziemlich gut).
- Oder er kann sie einfach in den Arm nehmen. Dies wird wahrscheinlich zu einem neuerlichen Tränenausbruch bei ihr führen (was bedeutet, dass sie sich besser fühlt).

Wie kann Saturn mit einem Jupiter umgehen, der nicht mit ihr kommuniziert?

- Saturn sollte nicht von Jupiter erwarten, dass er sie endlos mit Aufmerksamkeit überhäuft. Er hat vielleicht andere Sachen im Kopf. Das bedeutet nicht, dass er weniger an ihr interessiert ist. Er ist einfach nur im Augenblick abgelenkt.
- Saturn sollte ihn vorsichtig fragen, ob es irgendetwas gibt, worüber er reden möchte.
- Wenn er nicht reden möchte, sollte sie ihm genug Zeit und Ruhe lassen um damit klarzukommen.

Überlebensstrategien, wenn das intergalaktische Wetter stürmisch wird (und du dich an das Wrack all deiner Hoffnungen und Träume usw. klammerst)

Es gibt keine stärkere und zerstörerische Kraft als EIFERSUCHT. Wenn Saturn oder Jupiter eifersüchtig sind, bedeutet das wahrscheinlich, dass sie bezüglich ihrer Beziehung unsicher sind.

SATURNS NEIGUNG AUS UNSCHULDIGEN BEMERKUNGEN VERBORGENE BEDEUTUNGEN HERAUSZULESEN ...

ÜBERREAKTIONEN SIND EIN DRAMATISCHER (FAST VULKANISCHER) TEIL DES LEBENS AUF SATURN. JUPITER MUSS AKZEPTIEREN, DASS SIE VON ZEIT ZU ZEIT VORKOMMEN. SATURN WIRD NORMALERWEISE ZU IHRER BESTEN FREUNDIN VOM SATURN GEHEN, UND DANACH WIRD SIE RUHIGER SEIN ...

Rat an eine schäumende Saturn und einen eifersüchtigen Jupiter

✹ Es ist nur menschlich, gelegentlich eifersüchtig zu sein, aber es passiert sehr leicht, dass ein kleiner Zwischenfall unnötig aufgeblasen wird.

✹ Versuche Konfrontationen und Szenen zu vermeiden. Hol stattdessen tief Luft, lächle (wie gezwungen das Lächeln auch sein mag, es ist wahrscheinlich attraktiver, als die Stirn zu runzeln, vor dich hin zu starren oder gar zu schäumen), und sag deinem Partner, dass du mit seinem Verhalten nicht gerade glücklich bist. Wenn du dich nicht provozierend verhältst, werden andere umgekehrt auch weniger wahrscheinlich wütend und ablehnend reagieren. Sie entschuldigen sich vielleicht sogar und geben dir die Bestätigung, die du brauchst (wie z.B. nicht mit anderen zu flirten, während sie in deiner Gesellschaft sind).

WENN DAS INTERGALAKTISCHE WETTER STÜRMISCH WIRD ...

● Die schlimmste Haltung, die Jupiter und Saturn einnehmen können, ist besitzergreifend zu sein. Es gibt eine Redewendung: »Liebe ist loslassen können.« Natürlich wollen sich Jupiter und Saturn nicht in dem Ausmaß loslassen, dass sie zusehen, wie der andere mit einem Dritten in den himmlischen Sonnenuntergang reitet. Eine gelassene und fatalistische Haltung ist am besten. Jupiter und Saturn müssen jeweils AKZEPTIEREN, wie der andere ist, sich mit RESPEKT behandeln und ihre Erwartungen in VERNÜNFTIGEN GRENZEN halten. Und wenn es doch nicht so läuft, wie man gehofft hat, tja … So long, Cowboy!

SATURN FÜHLT SICH GERN GEBRAUCHT …

MANCHMAL BRAUCHT JUPITER EINFACH NUR SEINE PERSÖNLICHE FREIHEIT …
SATURN SOLLTE VERSUCHEN, DAS NICHT PERSÖNLICH ZU NEHMEN. WENN SIE IHM MEHR FREIHEIT LÄSST, WIRD ER ZURÜCKKOMMEN, SOBALD ER SO WEIT IST.

6.
ELTERN

Interplanetare Eltern sind hauptsächlich daran interessiert:

- dich in Verlegenheit zu bringen;
- so viele Fragen wie möglich zu stellen; (sie werden nicht nur *dir* so viele Fragen stellen wie möglich, sondern auch dem Alien, in den du verliebt bist.)
- dich an diesem besonderen Tag nicht weggehen zu lassen, indem sie dir sagen, du müsstest zu Hause bleiben und deine Hausaufgaben machen/mit ihnen kommen, um Großmutter vom Saturn im Krankenhaus zu besuchen/auf deinen kleinen Bruder aufpassen, während *sie* weggehen;
- dir zu sagen, dass du um zehn zurück sein sollst, und dann wütend dazustehen und auf dich zu warten, wenn du um Viertel nach zehn zurückkommst, und dich mit Fragen zu überfallen wie: »Wie spät ist es?« (Achtung: Schau dann ja nicht auf die Uhr und sag ganz ruhig: »Es ist Viertel nach zehn«. Dann werden sie völlig durchdrehen. Es ist besser, wenn du sagst, es täte dir Leid, dass du zu spät kommst und sie sich Sorgen gemacht haben.)
- für dich da zu sein, wenn irgendetwas furchtbar schief geht.

Gelegentlich magst du das Gefühl haben, dass alles ihre Schuld ist. Das ist wahrscheinlich aber nicht der Fall. Natürlich sind manche Eltern verständnisvoller als andere und manche sind einfach nur OBERPEINLICH.

Der Hauptzweck von interplanetaren Eltern ist, sich um dich

SORGEN ZU MACHEN. (Los – sag das ganz schnell sechs Mal nacheinander!) Es ist nicht erwiesen, ob die Eltern vom Saturn sich *mehr* Sorgen um ihre Tochter machen (das Universum ist ein gefährlicher Ort); Eltern vom Jupiter machen sich wahrscheinlich *genauso viele* Sorgen, aber sie versuchen es nicht zu zeigen, weil Jupiter es ganz besonders hasst, wenn man Theater um ihn macht oder er zu viele Fragen über seine Beziehungen gestellt bekommt.

Unterschiedliche Haltung von Jupiter und Saturn gegenüber interplanetaren Eltern

Jupiters Haltung gegenüber seinen Eltern

Jupiter wäre es lieber, wenn die Welt/das Universum nicht wüsste, dass er überhaupt Eltern hat. Er möchte viel lieber gar keine haben. Er möchte als cool und selbstbewusst gelten und ein neues Gefühl von Unabhängigkeit genießen. Er möchte, dass Saturn denkt, er sei ganz auf sich allein gestellt, ohne dass irgendjemand ihm sagt, was er zu tun hat. (Das mag sehr weit von der Wahrheit entfernt sein. Die Mutter vom Jupiter ist normalerweise irgendwo im Hintergrund und sagt ihm, er solle sein Zimmer aufräumen und seine Hausaufgaben beenden.)

Soweit es Jupiter betrifft, ist es UNCOOL, Eltern zu haben. Sie verderben ihm seinen Stil. Er mag sie gelegentlich erwähnen, im Zusammenhang damit, dass sie ihm das Leben schwer machen, die Hölle auf Erden (oder auf Jupiter).

Saturn sollte nicht den Fehler machen zu denken, dass ihr dies das Recht gibt, unhöfliche Bemerkungen über seine Eltern zu machen. Obwohl Jupiter nicht zugeben will, dass er welche hat, ist er von Natur aus loyal seinen Eltern gegenüber, besonders gegenüber seiner Mutter.

Saturns Haltung gegenüber ihren Eltern

Im Großen und Ganzen ist Saturn die Tatsache, dass sie Eltern hat, weniger peinlich. Zu Anfang der Beziehung wird sie vielleicht sogar Dinge sagen wie: »Du *musst* einfach mal kommen und meine Eltern kennen lernen!« Diese Bemerkung wird vermutlich bei Jupiter leichte Panik auslösen. Saturn bemerkt seinen panischen Gesichtsausdruck unter Umständen gar nicht und fährt fort: »Ich habe ihnen schon von dir erzählt und sie können es kaum erwarten, dich kennen zu lernen!«

An dieser Stelle beginnt Jupiter am ganzen Körper zu zittern und bekommt einen Schweißausbruch. Er stammelt irgendeine Entschuldigung, dass er irgendwo seine Freunde treffen muss, und verschwindet mit Höchstgeschwindigkeit.

Saturn ist normalerweise stolz auf ihre Eltern, selbst wenn sie sich über sie beschwert (genau wie Jupiter es tut). Sie steht vielleicht einem Elternteil besonders nahe, dem sie auch vertraut. Das ist oft ihre Mutter. Jupiter sollte die Tatsache akzeptieren, dass Saturn ihrer Mutter *fast alles* erzählt. Es hat keinen Sinn ihr böse zu sein, weil sie Einzelheiten ihrer Beziehung mit ihrer Familie bespricht (er wird es vielleicht gar nicht wissen, dass sie das getan hat, bis er plötzlich mit einem wütenden Elternteil vom Saturn konfrontiert wird). So ist Saturn eben und es ist wichtig für sie, mit einem nahen Familienmitglied reden zu können (das kann manchmal auch die Schwester vom Saturn sein).

Sie ist normalerweise bemüht, die *elterliche Zustimmung* zu ihrer Beziehung zu bekommen. Wenn ihre Eltern diese offen ablehnen, kann es Streit und eine kosmische Familienkatastrophe geben.

In Jupiters Heimatwelt geschieht dies normalerweise seltener, weil er es vorzieht, seine Beziehung nicht mit seinen Eltern zu besprechen. Für ihn ist es vermutlich gar nicht so leicht, Saturns offensichtlich verwegenen Wunsch zu verstehen, sich selbst *freiwillig* in Konfrontation mit ihren Eltern zu begeben. Sie sollte aufpassen, dass sie ihn nicht direkt in eine solche Auseinandersetzung verwickelt, denn dann wird er zutiefst verlegen sein. Jede derartige Szene wird Jupiters grundlegender Verhaltensrichtlinie widersprechen (die da lautet, Konfrontationen unter allen Umständen zu vermeiden).

Er muss vielleicht mit den Konsequenzen von Saturns familiärer Katastrophe zurechtkommen, wenn sie tränenüberströmt zu ihm eilt und sich darüber beschwert, dass ihre Eltern sie nicht verstehen und alles immer so schwierig machen und dass sie es nicht länger aushält. Jupiter sollte nicht vergessen, dass von ihm nicht erwartet wird, die sofortige Lösung für alle Probleme von Saturn anzubieten. Es reicht völlig, tröstend den Arm um sie zu legen. Wenn ihm danach ist, kann er sogar sagen: »Das ist nur, weil sie dich gern haben, weißt du.« Dies wird ihn äußerst reif klingen lassen und Saturn wird ihn in einem völlig neuen Licht sehen. (»Ich lausche deinen Worten, oh du Weiser!«)

Wenn Jupiter insgeheim verblüfft ist angesichts der Tatsache, dass seine Beziehung mit deren Tochter *solch starke Gefühle* im Busen von Saturns Familie ausgelöst hat, sollte er sich vor Augen halten, dass Saturn mit dem offen gezeigten Schutzinstinkt ihrer Eltern ihm gegenüber zurechtkommen muss. Sie muss unter Umständen auch mit dem Unwillen ihrer Eltern klarkommen, zu akzeptieren, dass ihr kleines Mädchen erwachsen wird. (Der Vater vom Saturn ist in dieser Hinsicht besonders gefährdet, denn die Tatsache, dass seine Tochter erwachsen wird, gibt ihm das Gefühl, alt zu sein.)

Eltern vom Jupiter andererseits sind stolz auf die Tatsache, dass ihr Sohn sich von einem Jungen in einen Mann verwandelt. (Wieder ist es der Vater vom Jupiter, der besonders stolz ist.) Sie werden vermutlich seine Schritte zur Unabhängigkeit eher unterstützen.

Natürlich sind das REINE MUTMASSUNGEN. Der Gedankengang des durchschnittlichen interplanetaren Elternteils ist immer noch ein großes Geheimnis, besonders für seine Kinder. Es ist nötig gewisse Dinge an ihnen zu akzeptieren, wie zum Beispiel:

1. Sie sorgen sich um dich.
2. Sie meinen es gut.
3. Sie sind verrückt.
4. Sie sind ganz gut darin, Nahrung zur Verfügung zu stellen und dich auch manchmal irgendwohin zu fahren.

Es ist ratsam (wenn auch schwer!), sie mit RESPEKT zu behandeln.

Wie man ein erstes Treffen mit den Eltern vom Saturn angeht

Übrigens: Selbst wenn Jupiter Saturns Eltern bereits kennt, werden sie ihn in einem anderen Licht sehen, sobald er eine Beziehung mit ihrer Tochter hat.

DER GEDANKENPROZESS EINES INTERPLANETAREN ELTERNTEILS IST IM GROSSEN UND GANZEN EIN GEHEIMNIS.

Die kosmische Szene:

James vom Jupiter: »Ähm ... bist du sicher, dass das eine gute Idee ist?«

Susie vom Saturn: »Aber natürlich ist es das! Mum und Dad wollen dich unbedingt kennen lernen. Und ich bin ABSOLUT SICHER, dass sie dich genauso mögen werden wie ich.«

James: »Das glaube ich nicht.«

Susie: »Du wirst meinen Dad auch mögen. Er ist so LUSTIG. Und meine Mum ist TOLL. Sie weiß immer, wann es mir schlecht geht.«

James: »Ähm ... ist das was Gutes?«

Susie hat keine Zeit darauf zu antworten, da sie gerade die Küche von Saturns Heimatwelt betreten haben, wo Susies Mutter Milch in eine Rührschüssel gießt. Sie blickt auf und sieht James. Aus irgendeinem Grund verfehlt sie nun die Rührschüssel und verschüttet die Milch auf dem Tisch.

James: »Oh, kann ich helfen?«

Er nimmt ein Küchentuch, das sich in der Nähe befindet, und

versucht die Milch aufzuwischen. (Das ist ein brillanter Schachzug, bei dem er eine Trillion Punkte macht.)
Susie: »Mum, das ist James. James, das ist meine Mum.«
Mum vom Saturn: »Freut mich, dich kennen zu lernen, James!«
James. »Ähm … ja.« (Das ist nicht gerade eine geniale Antwort. Dafür gibt es keine Punkte.)
Susie: »Komm mit, James, jetzt musst du noch meinen Dad kennen lernen.«
Sie betreten das Wohnzimmer, wo Susies Dad die Zeitung liest.
Susie: »Dad, das ist James. James, das ist mein Dad.«
James *(entschlossen, einen guten Eindruck zu machen):* »Schön, Sie kennen zu lernen, Mr. Saturn!«
Dad vom Saturn: »Ähm … ja.« (Er mustert James mit einem langen, beifälligen Blick. Wenn er eine Brille trägt, wird er wahrscheinlich über den Rand schauen. Es ist diese gewisse Art Blick, die den Freund vom, Saturn furchtbar unsicher machen wird. Der Dad vom Saturn sagt nichts, weshalb sich James' Unsicherheit noch steigert.
James sucht verzweifelt nach irgendetwas halbwegs Intelligentem, was er sagen könnte, aber sein Hirn ist wie leer gefegt, nur Luft zwischen seinen Ohren. Plötzlich fällt ihm ein, dass Susie sagte, ihr Dad sei lustig. Also erzählt er den Witz von dem Känguru, der Gurke und dem Elefanten. Es ist ein ziemlich ordinärer Witz, vielleicht nicht der beste unter diesen Umständen, aber James ist verzweifelt.
Dad vom Saturn lacht nicht. Stattdessen sagt er: »Ich glaube, du hast die Pointe falsch verstanden. Es war der Elefant, der die Gurke gegessen hat, nicht das Känguru.«
Susie: »Oh Dad! Das ist nicht FAIR! Du bist so gemein! Komm, James! Er ist einfach ein schlecht gelaunter alter Spielverderber. Soll er doch seine Zeitung weiterlesen.« (Sie schwebt aus dem Zimmer. James trottet hinter ihr her und wünscht sich, er wäre irgendwo – EGAL WO – anders.)

Grundsätzlicher Rat betreffend der ersten Begegnung zwischen Jupiter und den Eltern vom Saturn

1. Saturn sollte bedenken: Wenn sie Jupiter sofort zu Hilfe kommt, sobald irgendein Elternteil auch nur irgendetwas sagt, was im Entferntesten als Kritik verstanden werden könnte, ist das für Jupiter noch peinlicher als die Bemerkung selbst. Er WILL ja nicht, dass Saturn ihn verteidigt. Dadurch kommt er sich vor wie ein Idiot. Saturn sollte dem Drang widerstehen, ihn zu verteidigen. Jupiter mag keinerlei Art von familiärer Auseinandersetzung.
2. Jupiters Rettung liegt wahrscheinlich bei der Mutter vom Saturn. Wenn sie nett, freundlich und hilfsbereit ist, wird sie sich mit ihm anfreunden. Dann wird sie Dad vom Saturn sagen, er solle sich benehmen und nett zu Jupiter sein.
3. Benutze NIEMALS irgendeine Art von ordinärer Sprache. Vermeide es, selbst leicht anzügliche Ausdrücke zu benutzen, erwähne keine Körperteile und ihre Funktionen während der Mahlzeiten und versuche nichts allzu Umstrittenes zu sagen

(»Ich finde, alle Fleischprodukte sollten verboten werden. Es ist abscheulich, dass wir hier sitzen und dieses Huhn essen, das niemals darum gebeten hat, geboren zu werden, und das ein besseres Leben verdient!« Danach wirst du wahrscheinlich nicht mehr eingeladen werden.)

Wie man eine erste Begegnung mit den Eltern vom Jupiter angeht

Die kosmische Szene:

Jordan lädt Sita zu sich nach Hause ein um sein neues Computerspiel auszuprobieren. (Achtung: Er lädt sie nicht *ausdrücklich* ein, seine *Eltern* kennen zu lernen. Trotzdem sind diese anwesend.)

Jordan: »Ich habe es gerade bis zum viertausenddreihundertundfünfzigsten Level geschafft. Nur noch sechshundertundfünfzig Levels zu schaffen. Hier – setz dich doch! Du bist dran. Du musst alle diese lila Fisch-Menschen mit den Fangzähnen schlagen und du bekommst deine Kraft von diesem Elixier, aber wenn du zu viel davon trinkst, dann stirbst du und das Spiel bleibt hängen und …«

Sita: »Ähm, ich bin nicht besonders gut in Computerspielen. War das deine Mum, die gerade vorbeigegangen ist? Sie sieht richtig nett aus. Sollte ich nicht wenigstens ›Guten Tag‹ sagen?«

Jordan *(klingt überrascht):* »Wenn du willst.«

Sita: »Guten Tag, Mrs. Jupiter!«

Mum vom Jupiter: »Du musst Sita sein! Wie schön, dich kennen zu lernen! Komm doch in die Küche und erzähl mir ein wenig von dir.«

Jordan: »Mum! Wir sind mitten in einem Spiel!«

Mum vom Jupiter: »Dafür ist später auch noch genug Zeit, Jordan. Sita und ich werden jetzt ein bisschen miteinander plaudern.«

Sita und die Mutter vom Jupiter sitzen am Küchentisch und haben eine nette lange Unterhaltung bei Kaffee und Kuchen. Jordan wühlt inzwischen im Kühlschrank und versucht so zu tun, als ob er ihnen überhaupt nicht zuhört. Sie scheinen die meiste Zeit über ihn zu reden.

Mum vom Jupiter: »Ach, Jordan war ein richtiger Engel, als er klein war! Ich habe bestimmt irgendwo ein Foto ...«
Jordan *(flehentlich):* »Mum! BITTE!«
Mum vom Jupiter: »Oh, da kommt Jeffrey!« (Jeffrey ist der Dad vom Jupiter.) »Jeffrey, sieh doch, wer hier ist! Das ist Sita. Jordans *Freundin.*« (Das letzte Wort wird hörbar geflüstert.)
Dad vom Jupiter: »Liebe Güte! Tja ... Nett, dich kennen zu lernen, Sita!« (Er schüttelt ihr freundlich die Hand.) »Ja, wirklich. Beim Jupiter, Jordan hat zweifellos Glück! Muss ich sagen. Aber er ist ja auch mein Sohn. Ausgezeichneter Geschmack, keine Frage! Sieh dir nur seine Mutter an. *Ha-hah!* Ja ... Tja, tja, ...« (Ihm fällt plötzlich ein, dass er noch den Rasen mähen muss, und er macht einen hastigen Rückzug.)
Sita (später, wenn sie und Jordan allein sind): »Deine Eltern sind ja total nett! Dein Dad war richtig süß.«
Jordan (der sich noch immer nicht völlig erholt hat): »Ähm, freut mich, dass du sie magst. Sie sind schon in Ordnung, denke ich. In kleinen Dosierungen ...«

Grundsätzlicher Rat betreffend der ersten Begegnung zwischen Saturn und den Eltern vom Jupiter

1. Wenn du in Betracht ziehst, dass Jupiter nicht gerne zugibt, dass er überhaupt Eltern hat, ist es ein echtes Kompliment für Saturn, wenn er sie in seine Heimatwelt einlädt. Es ist wahrscheinlich ein Zeichen, dass er ihre Beziehung ernst nimmt.
2. Jupiter wird weniger wahrscheinlich als Saturn den direkten

Weg gehen und sie ohne Umschweife vorstellen: »Mum, dass ist Saturn. Saturn, das ist meine Mum.« Er zieht es vor, dass Saturn sich einfach in seine Heimatwelt einklinkt, als ob sie schon immer dagewesen sei, ohne die Notwendigkeit formeller Vorstellung. Saturn fühlt sich vielleicht verletzt durch sein offensichtliches Widerstreben, ihre Gegenwart zu verkünden. Sie sollte sich jedoch in Erinnerung rufen, dass allein die *Tatsache*, dass er sie eingeladen hat, ein Kompliment für sich ist. Sie sollte deshalb Zugeständnisse machen und bedenken, dass er leicht in Verlegenheit gebracht werden kann – besonders durch seine Eltern.

DAS INTERPLANETARE ELTERNTEIL

3. Sie sollte nicht von ihm erwarten, dass er ihr in Gegenwart seiner Eltern etwas Nettes und Liebes sagt oder sie umarmt. Sie sollte sich auf die Tatsache einstellen, dass er plötzlich ein völlig anderer Mensch zu sein scheint. Er mag vielleicht ziemlich still und distanziert wirken, fast gereizt. Womöglich konzentriert er sich auf ein Fernsehprogramm oder ein Computerspiel und weigert sich, irgendetwas zu irgendjemand zu sagen. Der Grund dafür ist, dass er sich allzu bewusst ist, dass Saturn und

seine Eltern im gleichen Raum zusammen sind und der Faktor Möglicher Peinlichkeiten (F.M.P.) für ihn RIESIG ist. Er versucht vielleicht so zu tun, als ginge es ihn gar nichts an, was passiert. Das bedeutet aber noch lange nicht, dass er nicht stolz auf seine neue Freundin ist. (Wahrscheinlich bedeutet es genau das Gegenteil.) Er scheut sich diese neue Seite seines Wesens vor seinen Eltern zu enthüllen (die Seite, die an Mädchen – und ganz besonders an Saturn! – interessiert ist).
4. Trotzdem wird er insgeheim sehr erfreut sein, wenn Saturn ihm später erzählt, dass sie seine Eltern mag. (Es ist ihm nämlich *doch* wichtig, was sie denkt.)
5. Jeglichen Bereich seiner Heimatwelt zu bewundern ist eine gute Art und Weise, Jupiter ein Kompliment zu machen, ohne ihn in Verlegenheit zu bringen.

Zu guter Letzt sollten Saturn und Jupiter sich darauf einstellen, dass es für interplanetare Eltern fast unmöglich ist, keine Absoluten Peinlichkeiten (A.P.) von sich zu geben. Die beste Art und Weise, damit klarzukommen, ist dann später, wenn du mit deinem Lieblings-Alien alleine bist, darüber zu lachen.

Absolute Peinlichkeiten (A.P.), die Eltern gerne sagen

1. »Ist er nicht das Ebenbild seines Vaters?« (Sie sagen das über Jupiter in seiner Gegenwart und reden über ihn, als sei er gar nicht anwesend.)
2. »Tja, ich muss schon sagen, ihr seid wirklich ein *hübsches* Paar!«
3. »Bleibt mal da stehen! Ich geh nur und hol meine Kamera. Ich möchte ein Foto von euch Turteltäubchen machen!«
4. »Lächeln! Sagt CHEESE!«
5. »Weiß deine Mutter, wo du bist?« (*Ganz* schlecht, so etwas zu Jupiter zu sagen.)

FÜR JUPITER IST DER FAKTOR MÖGLICHER PEINLICHKEITEN (F.M.P.), WENN ELTERN IN DER NÄHE SIND, RIESIG ...

6. »Siehst du dieses kleine Paar Hausschuhe mit den Häschen darauf? Sie haben früher Josh gehört. Oh Gott, ich glaube, mir kommen die Tränen ...«

Ja, Eltern sind immer da, wenn du sie brauchst – und auch, wenn du sie nicht brauchst!

Grundsätzlicher interplanetarer Rat

1. Jupiter sollte sich darauf einstellen, zugeben zu müssen, dass er Eltern hat. Doch die Familie (Unterschiede und Ähnlichkeiten) kann auch ein gutes Gesprächsthema abgeben, wenn du deinen Lieblings-Alien näher kennen lernst.
2. Saturn sollte sich hüten, Jupiter mit zu vielen Einzelheiten aus ihrem Familienleben zu überhäufen (besonders mit ihren

Problemen). Er unterhält sich gern mit ihr, aber er möchte auch ab und zu mal was sagen können.

3. Saturn und Jupiter sollten sich niemals gegenseitig zu einem Treffen mit ihrer jeweiligen Familie drängen. Eine erste Begegnung sollte so entspannt wie möglich sein (du solltest vermeiden, deinen armen Lieblings-Alien mitten in eine große Familienzusammenkunft zu stoßen, deren vorrangiges Interesse es ist, den Alien in ihrer Mitte anzustarren).

7.
WENN DIE KOSMISCHE LIEBES-SEIFENBLASE PLATZT

Das ist ein furchtbarer Schock. Du hast gedacht, deine Beziehung würde ewig halten, wie das Universum selbst. Aber jetzt scheint es, als hättest du

DAS ENDE

erreicht.

Verzweifle nicht! Es scheint vielleicht wie das Ende der Welt, aber das ist es nicht. Es ist noch nicht einmal das Ende dieses Buches. Es geht weiter!

Wie Saturn reagiert, wenn die Beziehung zu Ende ist

Sie fühlt sich, als ob ihre ganze Welt zusammenbräche. Und doch … der Rest der Welt scheint sich normal weiterzudrehen, als ob nichts geschehen sei. Der Dad vom Saturn mäht immer noch das intergalaktische Gras – es ist fast ärgerlich. Ist es ihnen denn ganz EGAL? Natürlich nicht. Die Normalität des täglichen Lebens sollte halbwegs tröstend sein. Wenn Saturn einem Elternteil ganz besonders nahe steht, kann es helfen, mit diesem zu sprechen. Es ist auch eine gute Zeit um seine Freundinnen um sich zu versammeln.

Wie Jupiter reagiert, wenn die Beziehung zu Ende ist

Jupiter tut alles ohne großes Aufhebens zu machen. Er ist launisch und unglücklich, doch er sucht Trost und Zerstreuung in seinem Zimmer. Er spielt ununterbrochen Musik. Jupiter sollte versuchen, mit seinem besten Kumpel zu reden!

Wenn Saturn sieht, dass Jupiter und seine Kumpel miteinander lachen und Witze machen und so tun, als sei ihnen alles egal, dann fühlt sie sich vielleicht doppelt verletzt von seiner offensichtlichen Gleichgültigkeit und der Tatsache, dass er so schnell über die Trennung weggekommen zu sein scheint. Hat ihre Beziehung ihm denn GAR NICHTS bedeutet?

Saturn sollte nicht vergessen, dass Jupiters Art, mit unangenehmen Gefühlen zurechtzukommen, normalerweise die ist, NICHTS mit ihnen zu tun zu haben, sondern sich auf etwas anderes, Ermutigenderes zu konzentrieren (er setzt seine Ablenkungstechnik ein). Er findet es auch einfacher, seine Gefühle zu verbergen, als sie auszudrücken. Nur weil er so tut, als sei ihm alles egal, heißt das nicht notwendigerweise, dass er innerlich nicht leidet. Um genau zu sein: Je *mehr* er so tut, als sei ihm alles egal, desto wahrscheinlicher ist es, dass er leidet. Zu leiden macht ihn verletzbar (was er mit Schwäche gleichsetzt). Er macht sich vielleicht Sorgen, dass die Leute über ihn lachen. Er könnte sogar ins totale Extrem gehen und eine große Show abziehen, um zu zeigen, dass er ganz obenauf ist (oder sogar völlig abgehoben). Er tut vielleicht laut und fröhlich und feiert die Feste, wie sie fallen. Oder er neigt zum anderen Extrem und zieht sich in sein Schneckenhaus zurück, wo er eine Weile bleiben wird.

Dinge, die Jupiter sagt, um die Beziehung zu beenden

Achtung: Er sagt vielleicht gar nichts und versteckt sich einfach nur … oder er sagt:

1. »Ich mag dich wirklich, aber …«
2. »Ich denke, wir sollten mal ein wenig langsamer machen.«
3. »Hör mal, ich hab einfach nicht genug Zeit. Ich hab jede Menge für die Schule zu tun, Fußballtraining, meine Sammlung von Merkurianischen Mondmäusen, um die ich mich kümmern muss, und Mum will, dass ich den intergalaktischen Rasen mähe …«
4. »Der Arzt sagt, ich habe meine Stimmbänder überanstrengt. Also kann ich nicht mit dir reden. Er sagt, ich muss zu Hause bleiben und mich ausruhen … Danke, ich werde es schon überstehen … Es ist wahrscheinlich das Beste, wenn du mich einfach für eine Weile allein lässt … Mach dir keine Sorgen um mich … Ja, es tut wirklich weh … hüstel hüstel! … Siehst du, schon nachdem ich nur kurz mit dir gesprochen habe, hat es die Sache verschlimmert … Drück mir die Daumen … und tschüss.«
5. »Ich komm mit der Beziehung einfach nicht mehr länger klar. Tut mir Leid. Wir hatten eine schöne Zeit. Ich werde dich nie vergessen. Bis die Tage.«
6. »Können wir nicht einfach nur *Freunde* sein?«
7. »Ich brauche ein wenig Zeit für mich. Ich brauche meine Freiheit.«

Dinge, die Saturn sagt, um die Beziehung zu beenden

1. »Ich denke, wir wissen beide, dass es vorbei ist.« (Um genau zu sein, Jupiter hatte keine Ahnung. Diese Bemerkung mag Saturns Art und Weise sein, Bestätigung zu suchen, dass es NICHT vorbei ist. Unglücklicherweise kann ihre provokative

DIE KOSMISCHE
LIEBES-SEIFENBLASE

WENN DIE KOSMISCHE
LIEBES-SEIFENBLASE PLATZT

Haltung dazu führen, ihn zu verschrecken. Er stimmt ihr schließlich zu, dass es vorbei ist, selbst wenn er sich gar nicht sicher ist.)

2. »Ich liebe dich. Ich brauche dich. Du bist mir wichtig. Aber das ist einfach nicht GENUG.« (Diese Bemerkung macht Jupiter besonders hilflos. Was will sie denn *noch*?)

Achtung, Jupiter: Wenn Saturn sagt, die Beziehung sei vorbei, ist es möglich, dass sie nur versucht eine Diskussion zu provozieren und eigentlich gar nicht will, dass es vorbei ist. Sie sucht vielleicht lediglich Bestätigung.

Achtung, Saturn: Diese Taktik kann nach hinten losgehen.

3. »Ich bin so durcheinander. Ich weiß nicht mehr, was ich fühle. Es ist, als ob ich dir zu nahe bin und dich nicht einmal sehen kann. Bitte geh und lass mich allein!«

4. »Mum und Dad machen mich so fertig. Ich halte es einfach nicht mehr aus. Es tut mir wirklich Leid, aber wir können nicht mehr miteinander gehen.«

5. »Du wirst immer etwas Besonderes für mich sein, deshalb ist es … ja … auch … so …. FURCHTBAR … Auf Wiedersehen zu sagen!« (Sie beginnt unkontrolliert zu schluchzen. Dies ist für Jupiter sehr verwirrend. Wenn es so unglaublich schmerzhaft ist, warum muss sie denn dann Auf Wiedersehen sagen? Die Kreise des Saturn sind ein Mysterium für ihn und so wird es wahrscheinlich für den Rest seines Lebens bleiben – außer er liest dieses Buch!)

6. »Ich mag dich wirklich, aber …«

Wie Jupiter und Saturn reagieren, wenn die Beziehung zu Ende ist

Die kosmische Szene (1)

Sally vom Saturn: »Ich denke, wir wissen beide, dass es vorbei ist.«

Jezir vom Jupiter: »Okay.«

Das ist besonders unbefriedigend für Saturn, die gehofft hat, dass Jupiter auf die Knie fallen und sie bitten würde, die Beziehung nicht zu beenden. Sie sollte nicht vergessen, dass Jupiter normalerweise instinktiv versucht, sich vor schmerzhaften Gefühlen zu schützen. Sobald sie ihn verletzt, wird die Schnecke vom Jupiter sich sofort in die Tiefen ihres Schneckenhauses zurückziehen.

Die kosmische Szene (2)

James vom Jupiter: »Ich denke, wir sollten die Sache mal ein wenig cooler sehen …«
Susie vom Saturn: »Was meinst du damit? Du triffst dich mit jemand anders, stimmt's? Du bist gemein! ICH HASSE DICH! Ich wünschte, ich hätte dich NIEMALS kennen gelernt!! Ich werde es meinem Dad sagen, dass er deinem Dad und deiner Mum sagt, was sie für einen Sohn haben! Du … du ... DU …!!!

Mit anderen Worten, Saturn ist völlig durchgedreht (eine Überreaktion von Saturn). Die beste Freundin vom Saturn braucht mindestens drei Stunden intensiver Beratung, Schultermassage und eine Umarmungstherapie, um sie zu beruhigen.
Die beste Freundin vom Saturn geht vielleicht sogar später los und stürmt zu Jupiter, um ihm noch einmal zu sagen, was für ein 💣#☹☠#💣 er doch sei. Dies ist nicht gerade empfehlens-

wert. (Jupiter wird fast anfangen es zu genießen, ein völliger 💣#☹☠#💣 zu sein. Er sieht sich in einem neuen Licht, als der »coole Typ«, der Hunderte von Herzen gebrochen hat.) Er fühlt sich durch Saturns agressives Verhalten gerechtfertigt. Indem sie ihn angreift, hat sie sich selbst in eine ungünstige Lage gebracht.

Dies ist ein schmerzhafter Weg, eine Beziehung zu beenden. Es gibt eine Redewendung: »Verschmähte Liebe verwandelt sich in Hass.« Aber was hat es für einen Sinn, ihn zu hassen? Das wird ihn auch nicht zurückbringen. BLEIB COOL! Wenn du akzeptierst, dass die Beziehung vorbei ist, und ihr euch mit Respekt behandelt, dann könnt ihr wahrscheinlich nach einer Weile immer noch Freunde sein. (Das ist natürlich leichter gesagt als getan.)

BLEIB COOL!

Wichtig: Selbst wenn die Beziehung vorbei ist, ändert das nichts an den schönen Momenten, die ihr geteilt habt. Du kannst diese Momente für immer als goldene Erinnerungen bewahren.

Überlebensstrategien und wie man eine bessere Kommunikation fördert, die zu größerer interplanetarer Harmonie führt

1. Vermeide Konfrontation!

2. Saturn sollte nicht überreagieren. Sie sollte versuchen tief Luft zu holen und zuzuhören. Sie sollte nicht vergessen, dass Jupiter Worte benutzt um Dinge zu VERBERGEN, wohingegen sie Worte benutzt um zu ENTHÜLLEN.

3. Jupiters Schweigen sagt alles. Saturn sollte ihn nicht drängen und nicht mit Fragen überhäufen. Jupiter und Saturn sollten einander möglichst viel FREIRAUM lassen.

4. Jupiter sollte versuchen mit Saturn zu kommunizieren. Es mag ihm nicht nach Reden zumute sein, aber es ist erstaunlich, was erreicht werden kann, wenn er es *doch* tut.

5. Saturn und Jupiter sollten ihre Erwartungen in vernünftigen Grenzen halten. Sie sollten sich aber auch bemühen, den Erwartungen des anderen zu entsprechen, wenn diese vernünftig sind.

6. Wenn Saturn durcheinander und unglücklich ist, dürfte es klüger sein, sich an die beste Freundin vom Saturn zu wenden (oder an ein interplanetares Elternteil), als sich an Jupiter zu wenden. Wenn Jupiter durcheinander und unglücklich ist, könnte es eine Erleichterung sein, wenn er jemanden findet, dem er vertraut und mit dem er reden kann, anstatt zu versuchen seine Gefühle völlig zu verdrängen.

7. Denkt immer an die Schlüsselworte: AKZEPTANZ und RESPEKT.

8. Macht euch die Sache nicht zu schwer. Eine schwere Liebes-Seifenblase ist ein Widerspruch in sich selbst. Seifenblasen sind leicht und luftig. Gestaltet eure Beziehung ebenfalls leicht und luftig.

9. HABT SPASS! GENIESST ES ...

GESPRÄCHSTHERAPIE.
SATURN BRAUCHT JEMAND ZUM REDEN ...

UND ZUM SCHLUSS ...

Inzwischen habt ihr mit etwas Glück das Gefühl, dass ihr das faszinierende und geheimnisvolle Wesen, euren Lieblings-Alien, ein wenig besser versteht.
Das Wichtigste ist, die Tatsache zu respektieren, dass der Alien ANDERS ist (und er sollte das umgekehrt auch tun). Es ist gerade diese Andersartigkeit, die euch interessant macht.
Das Beste, was Jupiter und Saturn tun können, ist in ihre Raumschiffe zu steigen und mutig das Universum zu erforschen, besonders die gegenseitigen Heimatwelten (und möglichst auch den Planeten Zodd auf dem Weg mitnehmen, wo die Strände am besten sind und du eine richtig gute Bräune bekommst –

solange es dir nichts ausmacht, dass die Zwillingssonnen von Zodd dich grün färben). Jupiter und Saturn müssen auch die Freiheit haben, zu ihrem eigenen Planeten zurückzukehren, wann immer sie es möchten, da sie beide von Zeit zu Zeit Freiraum brauchen. Auf diese Weise können Jupiter und Saturn

in Harmonie

koexistieren, mit jeder Menge angenehmer interplanetarer Kommunikation.

Also genieße deine kosmische Reise!

Und nimm dieses Buch mit!

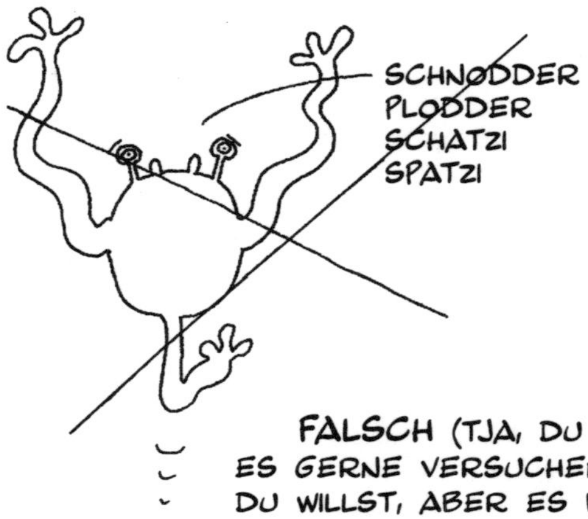

FALSCH (TJA, DU KANNST ES GERNE VERSUCHEN, WENN DU WILLST, ABER ES KLAPPT NICHT BEI JEDEM ...)